冴えない彼女《ヒロイン》の育てかた Girls Side

丸戸史明

ファンタジア文庫

2290

口絵・本文イラスト　深崎暮人

目次

冴えない竜虎《りゅうこ》の相見《あいまみ》えかた　5
そして竜虎は神に挑《いど》まん　105
あとがき　229

冴えない
竜虎の
相見えかた
Saenai heroine no
sodate-kata Girls side

プロローグ

放課後の視聴覚室《しちょうかくしつ》に差し込む夕陽《ゆうひ》が、まだまだうんざりするくらいの暑さを運び込んできてしまう九月 上旬《じょうじゅん》。

「何よこれ⁉ 指定にあったイベントシーンと全然違《ちが》う展開になってるじゃない！」

……なんだけど、そんな残暑厳しい夏休み明けのセミの鳴き声にも負けない高音ノイズが室内に響《ひび》き渡《わた》るのは、まぁいつものこと。

「ちょっとあんた、霞ヶ丘詩羽《かすみがおかうたは》っ！ これは一体どういうことか説明してもらえるんでしょうね？」

その声の主は、教室の中央に仁王《におう》立ちで陣取《じんど》り、高くもない背を伸《の》ばし、なくもないこともない胸を反らせ、けれど圧倒的《あっとうてき》に目立つ金髪《きんぱつ》ツインテールを揺《ゆ》らして精一杯《せいいっぱい》威圧感《いあつかん》を漂《ただよ》わせようとする女の子。

「……この程度の些細《ささい》なシナリオ変更《へんこう》、いちいち報告、連絡《れんらく》、相談が必要なレベルの話かしら？」

対するは、そんなセミの声すら吸収してしまいそうなしんしんと積もる雪のように、冷たく、低く、そして静かな声。

「私、今回の件に関しては、あなたに迷惑《めいわく》を掛《か》けているという認識《にんしき》は全然、まったく、これっぽっちもないんだけど。そうね、あなたのブラの奥、さらにパッドの中に眠《ねむ》る、ふくらみかけのまま枯《か》れてしまった、とある部位ほどにも」

「なっ⁉」

あ、でも声はともかく、人格は雪みたいに白くないよ？　真っ黒だよ？

……と、まぁ、それはともかく、そんな声の主は、教室の窓際《まどぎわ》に腕《うで》を組んで佇《たたず》み、ただでさえ目立つ胸を押し上げ、さらに控《ひか》えめに目立つ黒髪《くろかみ》ロングを夕陽に照らして自然と威圧感を漂わせてしまう女の人。

「ねぇ？　そう思わない？　河村《かわむら》・スパイダー・きらりさん？」

「勝手に人の名前を捏造《ねつぞう》してんじゃないわよっ、ていうか大体あたしそのキャラ名まだ認めてないからね！」

そうやって互《たが》いが互いを呼ぶように、金髪の少女はその名を河村・スパイダー・きらり。

そして黒髪の女性はその名を霞ヶ丘詩羽という。

………………じゃない間違い。金髪の方は澤村《さわむら》・スペンサー・英梨々《えりり》だったわ。

「もう一度聞くわよ霞ヶ丘詩羽……どうしてこんな大がかりなシナリオ改変したの？」

「そもそもそこの認識からしてずれているのよね。私、ほんの些細なチューニングしか施《ほどこ》していないつもりなんだけど」

「遊園地で発生するイベントはプールとお化け屋敷《やしき》の二箇所《かしょ》だったはずよね？　なんでお化け屋敷がなくなって観覧車イベントになってるのよ！」

「そこは今ある素材だけで何とかなるはず。別にあなたに迷惑は掛けないわ」

「もう掛かってる！　せっかく用意したお化け屋敷の背景が無駄《むだ》になったじゃない！」

え～と、そもそもこの日常……いや、一触即発《いっしょくそくはつ》の危機的状況《じょうきょう》に陥《おちい》っている今は、放課後のサークル活動の真っ最中だった。

俺たち、ゲーム制作サークル『blessing software』は、来たる冬コミに向けて同人ギャルゲーを制作、頒布《はんぷ》しようという崇高《すうこう》な目的のために集まり、春からずっとたゆまぬ努力を重ねている。

そして今日、二学期が始まって初めての活動日。

こうして各々《おのおの》の成果を持ち寄り、今後の進め方を検討する制作会議の席上で、とあるシナリオの問題が噴出《ふんしゅつ》したのだ。

まぁぶっちゃけて言えば、プロットにあったイベントが一個なくなって、なかったイベントが一個増えていた。

「背景が一枚無駄になったくらいで随分《ずいぶん》と大げさね。たかが写真数枚撮《と》る手間じゃない。それもプロの腕前なんか必要ない、ただの素人《しろうと》写真のレベルで」

「それだけじゃない！　あたしの背景スケッチが三枚無駄になった！」

「それって、そもそも写真でいいものを、勝手に絵に起こしてるだけじゃない。無駄に手間を掛けるあなたの制作手法に問題があるのではないかしら澤村さん？」

「その無駄が妥協《だきょう》のないいい作品を作り上げるんじゃない！」

「なら三枚くらい、いい作品のために妥協せず無駄にしなさいよ」

「それだけは許せない！　『霞ヶ丘詩羽に無駄足踏《ふ》まされた』というそのあまりに屈辱《くつじょく》的な事実があたしのモチベーションを際限なく下げるの！」

そしてその事実は、こうしてしわ寄せが来るはずの原画家の怒《いか》りを買い、罪の意識のないシナリオライターとの口論にまで発展した。

まぁ、元から仲の悪い二人だからというのもあるけど、ゲーム制作みたいな共同作業の現場においてはよくあることなので気にしちゃぁいけない。

「だいたい私、澤村さんのスケッチを無駄になんかしてないわよ？　むしろボツになっていたものを有効活用しているのだから感謝して欲しいくらいだわ」

「はぁ？　それってどういうこと？」

「だって観覧車のシーン、ちゃんと背景素材の中にあったんだもの。ほらこれ」

と、詩羽先輩《せんぱい》は英梨々の目の前に、一枚のプリントアウトを差し出し……

「なっ、なっ……なななななっ⁉」

その瞬間《しゅんかん》、英梨々の顔が真っ赤に沸騰《ふっとう》し、逆にそれを見た詩羽先輩の表情が真っ黒に堕《お》ちていき、なんか別の意味で緊迫《きんぱく》した空気が流れ始めた。

「……そう、やはりこのスケッチはあなたにとってSレアのシークレットだったようね」

「どこでこれをっ⁉」

そこには、確かに詩羽先輩の言う通り、観覧車の窓からの風景が描《えが》かれていた。

空と高層ビルと、小高い丘《おか》と、夕陽。

小さなボックスの中からそんな大きな世界を臨む、なんだか幻想《げんそう》的な光景と。

そして、ボックスの中に描かれていたのは、一人の少年。

「と、とととと倫也《ともや》っ！　なんでこの絵が霞ヶ丘詩羽の手に渡ってんのよっ！」

「え、え～？　だって俺、そんなの送った覚えもサーバにアップした覚えも……」

そう、そこに描かれているのは、何を隠《かく》そう、俺だ。

つい先月のこと、英梨々の背景素材集め作業に付き合って家の近くの遊園地に赴《おもむ》き、色々と紆余曲折《うよきょくせつ》あって仲違《なかたが》いしかけて……

そして最後に乗った観覧車の車中で、仲直りのしるしに英梨々が描《か》いた、眼鏡を外した俺……をモチーフにした、ゲームの主人公、安曇誠司《あずみせいじ》の肖像画《しょうぞうが》。

……って、あ〜、ごめん、俺、さっきから全然自己紹介《しょうかい》してなかったね。

サークル『blessing software』代表兼《けん》プロデューサー兼ディレクター。

つまり、この二人の上司にして使い走りにして、生殺与奪《せいさつよだつ》権を〝持たれている〟、豊ケ《とよが》崎《さき》学園二年、安芸《あき》倫也。

「迂闊《うかつ》ね倫理《りんり》君……あなた、先週、自分がどんなセキュリティホールを開けていたのかまだ理解していないようね」

「先週？　先週って……ああっ⁉」

先週といえば、夏休み最終週。

『そろそろ新しい背景が必要なんだけど』と俺の家を訪《おとず》れた詩羽先輩に、確かに俺は『あ、背景フォルダにあるから適当に持っていってよ』と告げた記憶《きおく》がある。

……まだ整理していない、取り込んだ画像が全部放《ほう》り込まれたPCを指差して。

「と、と、と……倫也ぁぁぁ～」

「すまん英梨々！」

事情を察した英梨々が涙目《なみだめ》になって訴《うった》えてきても、もうどうしようもない。

よりによって、一番見られてはならない画像を、一番見せなくてはならない画像に紛《まぎ》れさせていた俺の致命的《ちめいてき》ミスだ。

「別に倫理君が謝る必要はないし、澤村さんが嘆《なげ》く必要もないと思うけど？　だってほら、すごくいい表情をしてるわよね、この誠司……誰《だれ》がモデルか知らないけれど」

「ななな中の人なんていないわよ！」

「こんな素敵《すてき》な絵を見てしまったら、私がインスピレーションを得て、観覧車イベントをノリノリで書いたとしても不思議じゃないでしょ？」

「だ、だって、それは、その絵はぁっ」

「だいたいこれ、私が指定したイベントの字コンテと全然違う絵になってるわよね？　これは一体どういうことか説明してもらえるんでしょうね澤村さん？」

「っ、こ、この程度の些細なシーン変更、いちいち報告、連絡、相談が必要なレベルの話だとでも思ってんの⁉」

「ああもうっ！　やめてやめてやめて～！」

そんなこんなで、今日のサークル活動も、概《おおむ》ねいつも通り、何も進まなかった……

※　※　※

「そんなこんなで、今日のサークル活動もいつも通りだったね安芸くん」

「………まぁな」

そして一時間後。

学校帰りの、とあるログハウス風の喫茶店《きっさてん》。

「とりあえず、霞ヶ丘先輩のシナリオも進んでるみたいだし、澤村さんの絵もスケジュール通りだし、今のところは何の心配もないね、うん、順調」

「ああ、本当に素晴らしいな……加藤《かとう》のその、さっきの惨状《さんじょう》を完全スルーしたようないつも通りの総評はさ」

そこで今、俺と会話している声の主は、俺の目の前にナチュラルに座り、何気なくコーヒーカップを掲《かか》げ、けれど普通《ふつう》に店内にその存在を埋没《まいぼつ》させている、威圧感も重厚感も存在感もないショートポニーの女の子。

というか、実はさっきの視聴覚室でも教室の隅《すみ》っこにいたんだけど、結局、最初から最後まで一言も発言せず、フラットな表情でスマホをいじっていた第三の女。

我がサークル『blessing software』の秘密兵器にして、多分最後まで秘密にされているんだろうと思われる俺の同級生、加藤恵《めぐみ》。

なお担当はメインヒロイン……それがゲーム制作においてどういう役割を担《にな》うかは今のところ定かではない。

「だってまぁ、あの二人がああなるのはこのサークルの構成上仕方ないことだし」

「そうはいってもそろそろ半年だぞ？　いい加減仲良くなってくれてもいいんじゃないか？　同じ目的に向かって死力を尽《つ》くす仲間なんだし」

春に結成した俺たちのサークルは、今やサークル名も決まり、冬コミへの申込みも済ませ、チーム一丸となって頑張《がんば》っているのは間違いないのだが、それでも一部地域における内戦が収束する気配は今のところ皆無《かいむ》だった。

「けれどあの二人って、今まで死力を尽くして蹴《け》落《お》としあってきた歴史があったような気がしないでもないし、その戦いは実は今も続いているような気がしないでもないよね」

そんな過激派たちの現状を深く憂慮《ゆうりょ》する俺を尻目《しりめ》に、このサークル内で一番の穏健《おんけん》派である加藤は、別に憂《うれ》うでもなく、コーヒーに添《そ》えられた豆をぽりぽりかじっていた。

……こういうとき、そういうどっちつかずの派閥《はばつ》って、あれこれ関係修復に走り回ったりするもんじゃないのかよ。

「ところでさ、加藤」

「なに？　安芸くん」

と、まぁ、そんな益体《やくたい》もないことを口にしても仕方ないので、俺はほんの少し話題の方向をずらす。

そう、ほんの少し過去へと。

「あの二人ってさ、いつ、どうやって知り合ったのかな？」

「………………」

と、そんな俺の自然な話題転換《てんかん》にすらついてこれなかったのか、加藤の、豆をかじる口元がぴたりと止まる。

「今年の春に俺が顔合わせする前から、とっくに知り合いだったし。その頃《ころ》からもう敵視しまくりだし」

「………………」

続いて加藤の、俺を見つめる表情から、ほんの少しフラットさが失われる。

それはそう、なんというか、呆《あき》れと哀《あわ》れみが混じった微妙《びみょう》に蔑《さげす》みを帯びた嫌《いや》な表情で。

「なんだよ？」

「え～と、本当にそのときの事情を知りたいと思ってるの安芸くん？」

「いや、まぁ、ちょっとだけ興味ある程度だけど」

「そんな、ほんの少しの好奇心《こうきしん》程度で開けてもいいパンドラの箱とは思えないけどなぁ」

「いや加藤、最初から箱にその固有名詞つけるのはどうかと思うんだけど？」

そしてその哀れみの視線をゆっくりとテーブルに下ろすと、今度は稲《いな》○淳二《じゅんじ》みたいな不安と恐怖《きょうふ》を醸《かも》し出す胡散臭《うさんくさ》い表情に変わり、俺を見つめる。

「もう一度聞くね安芸くん……本当に、そのときのことを知っても大丈夫《だいじょうぶ》だね？　何があっても事実をそのまま受け入れるね？」

「お、お前……もしかして、何か聞いてるのか？　二人から」

「ううん聞いてないし知らないし知ろうとも思わないよ。だって聞いたら色々めんどくさいことになるに決まってるし」

「だったら思わせぶりに煽《あお》るのやめてくんない!?」


さて、これから先は、『俺の知らない世界』の物語。

……あるいは、『俺が知らなければよかった世界』の物語。

そんなわけで俺の知らないお話だから、語り手は俺以外の〝誰か〟にバトンタッチだ。

話を聞く側も、少々いつもとは勝手が違《ちが》うとは思うけど、まぁそんなことは気にせず、いつもと同じ感じで付き合ってくれれば幸いってことで。

ACT1　霞ヶ丘詩羽《かすみがおかうたは》

一年前、九月中旬《ちゆうじゆん》――

二学期が始まって間もない放課後の図書室には、まだいつもの賑《にぎ》やかさは戻《もど》っていなかった。

いや、賑やかさというと語弊《ごへい》があるが、いつもなら受験勉強のため大勢集《つど》う三年生たちの姿もまばらで、本をめくったり、鉛筆《えんぴつ》を走らせたりするような些細《ささい》な音も、今日はまるで響《ひび》かない。

「本当に入ってる……」

だからそんな中、とある書棚《しよだな》の前で佇《たたず》む彼女の呟《つぶや》きは、ほんの小さな声だったにもかかわらず、館内の広い範囲《はんい》に響いていた。

「それも二冊ずつ……馬鹿《ばか》じゃないの？」

二年D組、霞ヶ丘詩羽。

一年の時からトップの座を明け渡《わた》したことのない、豊ヶ崎《とよがさき》学園ナンバーワンの才媛《さいえん》にして、元・豊ヶ崎学園ナンバーワン美少女。

そして今年度から豊ヶ崎学園〝二大〟美少女に格下げになったと噂《うわさ》される彼女は、周囲の数少ない生徒たちをまるで気に掛《か》けることもなく、書棚から取り出した本を熱心に読み始めた。


「霞ヶ丘さん？」

「…………」

「あの、ごめんなさい霞ヶ丘さん」

「……え？」

そして一時間後。

いつの間にか時間を忘れて読書に没頭《ぼっとう》してた詩羽は、どうやら自分に掛けられたらしい声にふと振《ふ》り返った。

「閉館時間なんだけど……」

「あ」

言われて周囲を見渡《みわた》すと、目の前には随分《ずいぶん》と遠慮《えんりょ》がちに自分を見上げる眼鏡の少女。

そして、それ以外にはもう誰もいない室内の光景。

それどころか、その室内もいつの間にか夕陽《ゆうひ》の色が濃《こ》くなっており、一体自分はどうやってこの明るさで本を読んでいたのかと疑問になるほどの薄暗《うすぐら》さだった。


「それにしても珍《めずら》しいね、霞ヶ丘さんが図書室に来るなんて」

「一年ぶりかしらね。ここの本は入学して半年でほとんど読んだし」

「そ、そうなんだ。噂通り、すごい読書家なんだね」

「別に、暇《ひま》だっただけよ……去年まではね」

「あ、そういえば演劇部の脚本《きゃくほん》やることになったんだって？　すごく評判になってるよ」

カウンターに移って、本の貸し出し手続きを進める間、眼鏡の彼女は、相変わらずやや遠慮がちに、それでもここぞとばかりに詩羽に話しかけてくる。

「まぁ、あれも暇つぶしのつもりだったんだけど、少しだけ時期を間違えたかもね」

「時期って？」

「締《し》め切りというか連載《れんさい》というか……まぁ、気にしないで」

「？　ふぅん」

とはいえ、彼女がそういう態度を取るのも無理はない。

入学してから一年半、その間に打ち立てた様々な伝説から、『暗黒美女』だの『黒髪《くろかみ》ロングの雪女』だのと呼ばれる詩羽の普段《ふだん》の言動を知っている人間からすれば、ここまで饒《じょう》舌《ぜつ》で、ここまで上機嫌《じょうきげん》な彼女を見るのは、多分初めてのことであろうから。

「それじゃ、返却《へんきゃく》期限は一週間だから、よろしくね」

「ええ、ありがとう、ええと…………その」

「……坂口真澄《さかぐちますみ》だけど。2―Dの」

「……ありがとう、坂口さん」

そう、たとえ同じクラスで半年以上毎日顔を合わせていたとしても。

「それにしてもちょっと意外」

「何が？」

「霞ヶ丘さんって、こういう本も読むのね」

「……まぁ、ちょっとね」

と、すっかり仲良くなった（と勘違《かんちが》いしている）図書委員の真澄は、諦《あきら》めずになんとか自分の存在を印象づけようと、今度は詩羽の借りた本のことに話題を移す。

手元の図書カードに『恋《こい》するメトロノーム』と書かれている、そのラノベのことに。

「そういえばこの本、つい先週入ったんだけど、図書委員の間では前から結構話題になってたのよね」

「へ、へえ」

「一年の、ほら、何て言ったっけ？　有名なオタクの男の子いるじゃない？」

「安芸《あき》倫也《ともや》」

「え？」

「……ごめんなさい、よく知らないわ。私、人の名前覚えるの苦手で」

「あ、ああ、そうよね……で、その男の子が何度も先生のところに来てね、『こんな名作が学校推薦《すいせん》図書になってないのはおかしい』とか、『将来の直木《なおき》賞作家の作品なんだからあって当然だ』とか、リクエストついでにさんざん宣伝していって……」

「へ、へ、へぇ……」

……それは、ある程度は本人から聞いていたけれど、改めて他人から聞かされると恥《は》ずかしさも倍増の、歯が浮《う》く絶賛のオンパレードだった。

『と、図書室に？　「恋するメトロノーム」が？』

『そう！　やっと入るんだよ！　九月から！』

『……倫也くん、あなた今度は何やったのよ？』

『え〜、別に何も？』

『何もしてなくて学校にライトノベルが入る訳ないでしょう？』

『え～、「ガープス島戦記」とか「ジライヤーズ」とか全巻揃《そろ》ってるけど？』

『レジェンドと比べてどうするのよ？　こっちは新人作家で、まだ二巻までしか出てなくて、しかもいつ打ち切られるかもわからないデビュー作なのよ？』

『いや～、ウチの学校も先見の明があるよね～。将来の直木賞作家の本を早々と購入《こうにゅう》するなんてさぁ』

『……わかったわ。要するにそういう触《ふ》れ込みで強引にねじ込んだのね？』

『……先輩《せんぱい》、いい作品だからって黙《だま》って売れる時代はもう終わったんだよ』

『つまりやったのね？』

『今はどんな名作だって、プロモーションしないと駄目《だめ》なんだよ！　たとえどれだけストーリーが素晴《すば》らしくてキャラクターが激可愛《かわい》くて涙《なみだ》ボロボロ零《こぼ》れて二〇回読んでもまだ泣ける出来だったとしても、まずは手に取ってもらわないことには始まらないんだよ！』

『う、うわぁ…もういい、やめて』

『いいややめない。何度でも言ってやる。霞詩子《かすみうたこ》の「恋するメトロノーム」は大傑作《けっさく》だ！　これを読まない奴《やつ》は人生の一二〇パーセントを損してる！　だから俺は布教することに何の躊躇《ちゅうちょ》もない！』

『……狂信者《きようしん》の目をしてるわよ、あなた』

「〜〜〜っ」

「か、霞ヶ丘さん？」

「え？」

「あなた、今……」

「……何かしら？」

「なんだか、すごく……」

「…………なに、かし、らっ？」

「い、いえ……っ⁉」

思いっきりわざとらしく平静を装《よそお》いつつ黒いプレッシャーをかけてくる詩羽を、真澄はまるで恐《おそ》ろしいモノでも見たかのような怯《おび》えた表情で見つめた。

……つまりそのとき、詩羽の顔に一体どのような表情が浮かんでいたのか、もはや語る人間はいなくなってしまったということで。

「それじゃ、私はそろそろ」

「え、ええ……さようなら、霞ヶ丘さん」

そして詩羽は、色々と渦巻《うずま》いてしまった感情を抑《おさ》えるようにゆっくり息を整えると、踵《きびす》を返し、扉《とびら》へと向かう。

この、家にも五冊もある本をいつ返せばいいのかという、よくわからない悩《なや》みを抱《かか》えながら。

「……あら？」

「今度は何の用？」

と、背中を向けて二、三歩歩いたところで、図書カードを片付けようとしていた真澄が、少し驚《おどろ》いたような声を上げた。

「ごめんなさい、ただの独り言……この本、やっぱり人気なんだなぁって」

「どういうこと？」

「だって、まだ入って一週間なのに、霞ヶ丘さんで三人目よ？　借りた人」

「え……？」

※　※　※

詩羽が図書室を出ると、北側の廊下《ろうか》はさらに闇《やみ》が濃くなっていた。

時計を見ると、すでに六時近く。

逢魔《おうま》が刻《とき》の校内は、すでに人の気配はまったく感じられず、廊下の奥の方できらりと何かが反射して少し影《かげ》が揺《ゆ》れただけで、何か人以外の存在を感じさせるほどに非現実感が漂《ただよ》っていた。

とはいえ、ミステリーもホラーも、一番の注目ポイントは死ぬ順番当てという、少々偏《かたよ》った読書家の詩羽にとっては、その非現実感は別に恐怖《きょうふ》を想起させるものではなかった。

というより、今の詩羽は、ついさっき与《あた》えられた別の難問に夢中で、夕闇に特別な感情を抱《いだ》く余裕《よゆう》などなかったといった方が正しかったかもしれない。


「三人目の読者、かぁ」


霞詩子……霞ヶ丘詩羽の著作『恋するメトロノーム』が入ってすぐに借りた人間が、この豊ヶ崎学園には三人いたという。

一人は自分だから除外。

もう一人、熱狂《ねっきょう》的なファンが借りているのも想定内。

けれど最後の一人、実際には詩羽の前に借りた二人目の名が、どうしても自分の作品の読者として浮かんでくるイメージとかけ離《はな》れていた。

だってその人物がライトノベルに、しかもベタな恋愛《れんあい》ものに手を染めるとは、どうしても伝え聞くイメージからは想像のしようがなかったから。

曰《いわ》く、入学早々の展覧会で入賞を果たした美術部のスーパールーキー。

曰く、豊ヶ崎学園〝二大〟美少女が一人。

そして曰く、超《ちょう》セレブ英国外交官の箱入り一人娘《ひとりむすめ》。

そんな、どこまでが真実かもわからない巨大《きょだい》すぎるイメージが一人歩きしている、学園内きっての噂《うわさ》の的。

一部、自分の肩書《かたが》きと不本意ながら被《かぶ》ってしまうところがありながらも、『恋するメトロノーム』との、霞詩子との、そして霞ヶ丘詩羽とのあまりの接点のなさに、詩羽の中で、色々と意味もなく謎《なぞ》が深まっていく。

〝あの、彼女が……〟

〝――・――・――が、どうして私のラノベなんか……？〟

「あなたが、霞ヶ丘詩羽ね？」

と、そんな深い思考の闇に陥《おちい》ろうとした詩羽を、いきなり現実へと引き戻《もど》す、少し高めで、かなり通る声が響《ひび》く。

それは、突然《とつぜん》に。

それも、斜《なな》め上から。

「っ⁉」

声の方向を見上げた詩羽は、けれどすぐにその眩《まぶ》しさに目を細めざるを得なくなった。

なぜならいつの間にか、彼女は階段の手前に差し掛《か》かっていたから。

廊下の南側に面した階段に、見上げた先の踊《おど》り場から、今日最後の夕陽《ゆうひ》が差し込み……

そして、そのわずかなはずの光が、とある〝繊細《せんさい》な金細工〟に反射して、キラキラと輝《かがや》き、詩羽の目を灼《や》いた。

そう、その日本人離《ばな》れした、金色に輝く髪《かみ》に。

それは、豊ヶ崎学園の誰《だれ》もが知っている……

それこそ、まるで他人に興味のない霞ヶ丘詩羽でさえ顔と名前が一致《いっち》する、例外中の例外。

「澤村《さわむら》・スペンサー・英梨々《えりり》……さん？」

ACT2　1st contact

「へぇ、あたしの名前、知ってくれてたんですか……それは光栄の至りってやつですね、霞ヶ丘詩羽《かすみがおかうたは》……いいえ、霞ヶ丘センパイ」

その高めの通る声と、夕陽に輝く金色の髪が合わさったとき、詩羽は、今いる自分の世界から現実味が薄《うす》れていくのを感じた。

その声も、ビジュアルも、シーンも、全《すべ》てがラノベの中でもなかなかお目にかかれないくらい絵になっていたから。

「あたしも、あなたのこと知ってますよ……学年トップの才媛《さいえん》にして人を寄せつけない冷血女。どれだけ男子に言い寄られても決して相手にしないどころか、二度と話しかけられないまでコテンパンに叩《たた》きのめす、通称《つうしょう》、暗黒美女」

「……それがなに？」

「ううん別に……ただ、どれだけ凄《すご》い人なのかなぁって、ちょっと興味がありまして」

けれど、その言動は、そんな美しい登場シーンをぶち壊《こわ》すほどの強い悪意に満ちていた。

それは、澤村英梨々《さわむらえりり》という少女の指摘《してき》通り、詩羽自身も〝かつては〟悪意の塊《かたまり》だった自覚があるからこそ、はっきりと肌《はだ》で感じ取れた。

というか、彼女の知る限りでも、ここまでテンプレ丸出しな悪意も珍《めずら》しかった。

〝このコ、私を、え～と、シメようとしてるのかしら？〟

だから詩羽は、やはりまだ現実味を感じられぬまま、まるで自分が紡《つむ》いでいる物語のように、これからの展開を予想し始めた。

〝となると、次に彼女が口にする台詞《せりふ》はこうかしら……『豊ヶ崎《とよがさき》二大美女は、ふたりもいらないのよ』って……えっと、でもそれって表現的におかしいわね〟

「ふふっ」

「っ……何がおかしいのよ？　あなた」

「ああ、ごめんなさい澤村さん。少しよそ事を考えていたわ」

ついつい、自分の考えていることが相当に益体《やくたい》もないと気づいて、いつもの癖《くせ》で唇《くちびる》の端《はし》を吊《つ》り上げていた詩羽は、それでもまだその表情を崩《くず》さずに、相手を挑発《ちょうはつ》するに違《ちが》いない態度で謝罪した。

〝そう……我が学園のマドンナは、こういうテンプレートまんまのお嬢様《じょうさま》でしたか〟

〝私の作品の中でも、ここまで単純明快な最後は負け犬キャラはいないわね〟

……結局、まだそんな益体もないことを考えているままだったけれど。

何しろ、自分に対する他人の評判をまったく気にしない詩羽にしては、相手がそんなどうでもいいことで喧嘩《けんか》を売りに来たのだとしたら、とんだ興ざめだった。

しかも相手は、校内一の美少女で、誰もがうらやむお金持ちのお嬢様で、しかも、どうやら自分の作品の読者という特殊《とくしゅ》な興味対象になったばかりだったからこそ、余計に落胆《らくたん》も大きかった。

「あと、もう一つごめんなさい。私は、あなたが興味を持つほど大層な人間じゃないの」

去年までの詩羽であれば、間違いなくここで戦闘《せんとう》モードに入っていた。

図《はか》らずも英梨々という少女がついさっき口にした通りの態度で、慇懃《いんぎん》無礼に、散々煽《あお》って、相手を完膚《かんぷ》無《な》きまでに叩き潰《つぶ》しておいてから、『豊ヶ崎一大美女』とやらの称号《しょうごう》を、お飾《かざ》りのお嬢様に勿体《もったい》ぶってくれてやっていた。

「そんなことないでしょう？　一年の男子でも、それどころか女子でも、あなたに憧《あこが》れてるコ、いっぱいいますよ？」

「あなたほどではないわ澤村さん。今年の一年が入学して以来、学校中があなたの噂で持ちきりだったもの」

けれど今の詩羽は、覚悟《かくご》して喧嘩を売ってきたはずの英梨々が拍子抜《ひょうしぬ》けしてしまうほど簡単に、撤退《てったい》の道を選んだ。

「今はあたしのことはどうでもいいでしょう？　それよりもあなたの……」

「私のこともどうでもいいのよ……悪いけど、もう帰るから」

なぜなら今の詩羽には、そんな殺伐《さつばつ》としたイベントに時間とエネルギーを消費している暇《ひま》なんかなかったから。

それよりも大事なことがあったから。

〝えっと、帰ったら三巻のプロットと、アンデッドマガジンの書き下ろしの校正と……あと、某《ぼう》サイトのチェックと、某管理人との打ち合わせと……〟

創作して、発表して、そして、その成果について語らって……

そんな幸せな時間に、自分の全てのリソースを割り当てたい。

などと、そんな幸せな未来を考える詩羽は、もう今の時点で『暗黒美女』などではなくなりかけていた。

「いいえ、話はこれからです。あたしは今日、あなたに忠告に来たんですよ？　霞ヶ丘詩羽センパイ？」

「忠告……？」

けれど相手は、詩羽がどれだけ丁寧《ていねい》に下手に出ようが、何故《なぜ》だか引き下がる気配を見せなかった。

……まぁ、丁寧とか下手という言葉の意味を作家のくせに少し勘違《かんちが》いしている詩羽の方にも非がなくもなかったけれど。

「あなたのような人が、後輩《こうはい》の冴《さ》えないオタク男子なんかと親しくしてたら色々とマズいんじゃないですか？」

「……え？」

そして金髪《きんぱつ》の意地悪お嬢様は、ここで面目躍如《めんもくやくじょ》とばかりに、詩羽の予想もしなかった爆《ばく》弾《だん》を投げつけてきた。

「あたし、見ちゃったんですよね……夏休み前、あなたが倫《とも》……一年の男子と、図書室で、一時間以上も話し込んでるところを……っ」

「あ……」

その時期と場所に、詩羽は確かに心当たりがあった。

図書室に〝あの本〟が入ることが決まった日だ。

いつもなら校内で会話をするなんてことはなかったけれど、あの日だけはオタクな後輩……安芸倫也《あきともや》のゴリ押しに呆《あき》れつつも、なんとなくいい気分で話し込んでしまっていた。

まぁ、自分の中では一〇分にも満たないと思っていたその時間が、思った以上に長かったというか六倍以上だったという事実には納得《なっとく》がいかなかったけれど。

「今まで、どんな男子にも興味なかったじゃない……なのに、なんで」

「…………だから何」

瞬間《しゅんかん》、詩羽の声音《こわね》と周囲の温度が、一気に氷点下まで下がる。

それは去年までの『黒髪《くろかみ》ロングの雪女』という二つ名の通りのオーラをまとい、自分にちょっかいをかけてきた相手を氷漬《こおりづ》けにしようとする、戦闘モードの詩羽の顕現《けんげん》だった。

「ほ、ほら、やっぱり知られると困ることなんじゃない。あんな馬鹿《ばか》とのことを誤解されるのは、あなたにとって不都合なことなんじゃない」

英梨々の言葉が、詩羽の耳に入らなくなる。

「そりゃ、そうよね……あんなオタクで冴えなくてオタクで馬鹿でオタクで強情《ごうじょう》な奴《やつ》なんて、一緒《いっしょ》に帰って皆《みんな》に噂されると恥《は》ずかしいレベルだもの」

というより、もはやその言葉を全身で受け止めて、全ての攻撃《こうげき》を倍返しにしてやろうと溜《た》め込んでいる状態に入っていた。

「別に、私が何を言われようと構わない……」

だから、いつの間にか相手の言っていることが論理破綻《はたん》していて、ただの子供の悪口になってしまっていることにも気づいていなかった。

「けれど、倫……私の、えっと、ほら、知り合いを貶《おとし》めることだけは、許さない」

ついでに、自分の反論の方まで子供の言い訳になってしまっていることも、まぁ気づいていなかった。


「…………」

「…………」

当初の幻想《げんそう》的な出逢《であ》いはどこへやら、もはや子供かそれとも女の喧嘩としか思えないような幼稚《ようち》な睨《にら》み合いがしばらく続き……

やがて英梨々の方が『どうやら切り札を使うときが来たようね』とばかりにふっと微笑《ほほえ》むと、詩羽のもとへ一歩、二歩と近づいていく。

「……『恋《こい》するメトロノーム』だっけ？」

「っ……」

そして、至近距離《しきんきょり》から発したその言霊《ことだま》は、確かに詩羽にヒットする力を持っていた。

「あなたたち、実はオタク仲間だったのね……意外だったわ、あの霞ヶ丘詩羽がラノベを読むなんて」

そのとき、ようやく詩羽は、目の前のお嬢様が、あの『恋するメトロノーム』をわざわざ図書室で借りた理由に思い至った気がした。

要するに、作品に興味があった訳ではなく、ただ、自分のことを探《さぐ》るためだったのだと。

「まぁ、別に悪いことじゃないわよ。人の趣味《しゅみ》なんて人それぞれだし、今やオタクなんて珍しくも何ともないし」

つい先ほど、自分がその本を借りたことが、彼女の推測を確信に変えてしまったのだと。

「でも、あの馬鹿だけはやめておいた方がいいんじゃない？　あなたにとって何のメリットもないどころか、評判を貶めるだけだと思うけど？」

「……回りくどいことをするのね澤村さん。そんなこといちいち私に確かめなくても、怪文書《ぶんしょ》でも噂話《うわさばなし》でもなんでも流して私を陥《おとし》れればよかったのに」

「さっきから言ってるでしょ？　あたしは別に、あなたを傷つけようなんて思ってない。ただ、傷が浅いうちに引き返すよう忠告してるだけよ」

「そんなこと、あなたに心配される謂《い》われなんかない」

「……それってどういうこと？　もしかして、誤解じゃないとでも言いたいわけ？」

「そうじゃないわ。あなたに言うべきことは何もない、ということよ」

もう、二人とも不穏《ふおん》な態度を隠《かく》そうともせず、激しく睨み合う。

「自分の今のポジションを捨ててまで、恋メトクラスタを選ぶっていうの!?」

「……いいこと澤村英梨々？　私は、評判とか人の噂とか、人にどう思われるかなんてのにはまるで興味ない」

『それ以前にその恋メトクラスタって一体なんなのよ？』とも思わないでもなかったが、それよりも熱い感情の迸《ほとばし》りが詩羽を先走らせる。

「人にどう思われるか興味ないのなら、一人のオタクにこだわる理由もないじゃない！」

「……あなたにはわからない。永遠にね」

「……それってどういう意味よ？」

「表面上だけ取り繕《つくろ》って、薄《うす》っぺらい笑みを浮《う》かべて、本音さえ言えない友達という名の取り巻きを従えているだけのあなたにはわからない、ということよ」

「～～～っ！」

そして、先走るあまり、相手のことを知りもせずに適当に吐《は》いた暴言は……

「あなたと彼の間には何の接点もないでしょう？　あなたが私を嫌《きら》いなのは構わない。けれど、私を嫌うあまり彼を悪く言うのは許さない」

当の詩羽ですら気づかないうちに、相手の急所と逆鱗《げきりん》を同時に突《つ》き刺《さ》していた。

「……好きなの？　あのオタクのこと」

「そういう二元論でくくろうとする俗物《ぞくぶつ》よりはよっぽど好感持てるわね」

だからもう、勝負はついていた。

それでも、なんだか妙《みょう》に居心地《いごこち》と後味の悪さを感じるのは、何故かたった五秒で一気に負け犬に陥《おちい》ってしまった相手のその表情が、妙に心に残るようになったから。

急に、ラノベのヒロインとしての輝《かがや》きを感じるようになってしまったから。

「それじゃ、今度こそ、さようなら」

英梨々を置いて、詩羽は階段を下っていく。

その心中にさっきまでの高揚感《こうようかん》はなく、ただ今は、ほんの少しの後悔《こうかい》と、一抹《いちまつ》の不安。

何故だかわからないけれど、今すぐ英梨々のもとを離《はな》れたくなった。

「倫也は……あんた自身に興味があるんじゃない」

「え……」

そう、その先を聞くのが怖《こわ》くなったから。

「ただ、仲間が大切なだけ」

彼女が、自分の知らない何かを知っているという明らかな兆候に怯《おび》えたから。

「一緒に同じ作品を愛して、遊んで、語って……ずっと一緒にオタクでいてくれる友達が欲《ほ》しいだけ」

「……もう、話は終わったはずよ、澤村さん」

「だってあいつは永遠の二次オタだもん……恋をするのは画面の中の相手だけ。『恋するメトロノーム』という作品だけ」

「聞いてないって言ってるでしょう?」

そしてやっぱり、その先の英梨々の言葉に、詩羽は激しく動揺《どうよう》した。

だって、彼と過ごす時間の、ほんの少しの違和感《いわかん》を、正確に言い当てられたから。

「その登場人物と、作者だけ」

「っ……」

そして、そこまで追い詰《つ》められてしまったから。

詩羽は、英梨々が見せたわずかな隙《すき》につけ込んだ。

「だから、ファン同士、仲良くなったところで……」

「そういえば、自己紹介《しょうかい》がまだだったわね、澤村さん」

「え?」

「私は、二年D組の霞ヶ丘詩羽……そしてペンネームを『霞詩子《かすみうたこ》』って言うの。今後ともよろしくね」

「え、え、え……えええええ〜っ!?」

その告白が、壮絶《そうぜつ》な自爆技《じばくわざ》であるということも忘れて。

ACT3　澤村《さわむら》・スペンサー・英梨々《えりり》

「う、う、う……うわあああ～っ！」

あの歴史的邂逅《かいこう》……いや、開戦となった夕暮れから一時間後。

フラフラになりながらも、やっとのことで家に帰り着いた金髪ツインテールの少女は、ベッドに倒《たお》れ込み、思いっきり手足をばたつかせて奇声《きせい》を上げた。

一年F組、澤村・スペンサー・英梨々。

入学早々、並み居る諸先輩《せんぱい》をぶち抜《ぬ》き県の展覧会に入賞した美術部のルーキーにしてエースにして、現・豊ヶ崎《とよがさき》学園ナンバーワン美少女。

「なんで？　なんで！　ウチの学校に霞詩子《かすみうたこ》がいるのよぉぉぉ～!?」

……というのが、今のこの場所とこの姿を知らない人たちによって固められた、表層だけの評判。

金持ちのお嬢様《じょうさま》という触《ふ》れ込みに偽《いつわ》りない、二十畳《じょう》はあろうかという大きな一人部屋に、きらびやかな照明に、細部まで装飾《そうしょく》の施《ほどこ》された柔《やわ》らかな絨毯《じゅうたん》。

……そして金持ちはともかく、お嬢様という触れ込みに偽りありまくりの、部屋の中に積まれた、おびただしい漫画《まんが》、アニメ、ゲームの数々。

なおこの際の『積まれた』というのは決して『買ったけれど消化していない』という意味でのオタク用語ではない……多分。

そう、この部屋の主こそ澤村・スペンサー・英梨々……またの名《ペンネーム》を柏木《かしわぎ》エリ。

小学生の頃《ころ》にオタク趣味に目覚め、中学生の頃にその正体を隠したせいで嫌《いや》な感じに熟成されてしまった、美少女エロ同人作家。

なおこの際の『美少女』は、『エロ同人』も『作家』も修飾《しゅうしょく》できるので注意が必要だ。

まぁそれはともかく、そんな一皮剝《ひとかわむ》けばオタクの本性《ほんしょう》が顔を出すパチモンお嬢様英梨々は、ベッドの上で先ほどの一悶着《ひともんちゃく》を思い浮かべ、恐怖《きょうふ》と羞恥《しゅうち》と後悔にまみれながら、ベッドのサイドテーブルに置いてあった一冊の文庫本を手に取った。

「サイン、もらい忘れた……」

……何度も読み返し過ぎて、ボロボロにすり切れた『恋するメトロノーム』の一巻を。

それは、本当に不幸な出逢いだった。

少女は、大好きな作品の作家に思いっきり喧嘩《けんか》を売ってしまった。

少女は、ずっと欲しかったはずの女性ファンを叩《たた》き潰《つぶ》してしまった。

たった一人の、暑苦《あつくる》しいオタク男子がいなければ出逢うはずのなかった二人には……

その、暑苦しいオタク男子がいる限り、結局、不幸な出逢いしか残されていなかった。

※　※　※

七月初旬《しょじゅん》――
その不幸な出逢いから、二月ほど前のこと。

豊ヶ崎学園の、一年生の教室が並ぶ二階の廊下《ろうか》には、そろそろ六時になろうかという時間にもかかわらず、梅雨《つゆ》明けの初夏の陽射《ひざ》しが未《いま》だに差し込んでいた。

そんな、終業から数時間も経《た》ったその場所に一人、夕陽にきらりとその金色の髪《かみ》を輝かせ佇《たたず》む英梨々の姿があった。

その、黙《だま》って立っていればやたらと絵になるはずの美少女は、けれど今は妙に不審《ふしん》げに左右を見回すという、自身の評判に傷をつけかねない挙動に終始していた。

英梨々の前には、一年F組のロッカーが並んでいる。

その中でも彼女が立っているのは、『澤村英梨々』という名札の付けられた自身のロッカーのすぐ目の前なのだから、本来なら何も後ろめたいことなどないはずだった。

それでも英梨々は、もう一度周囲を注意深く見回すと、さらに一つ深呼吸をして、恐《おそ》る恐るその扉《とびら》を開く。

「……よかった、ラノベだ」

英梨々が呟《つぶや》いた通り、そこには文庫本が一冊入っていた。

某《ぼう》オタクショップのブックカバーに包まれたその本を開いてみると、不死川《ふしかわ》ファンタスティック文庫のお馴染《なじ》みのロゴが英梨々の目に入る。

その、校内持ち込み禁止ではあるものの、それほど目立たないアイテムにほっとしつつ、英梨々はその本を自分の鞄《かばん》にしまい込んだ。

……これなら、先月このロッカーに入っていた『ジライヤーズ全話Ｂｌｕ－ｒａｙボックス』と違《ちが》って、余裕《よゆう》で見つからずに持ち帰れるという安心感があったから。

それらのアイテムは、もちろん英梨々が買ったり学校に持ち込んだものではない。

時々、彼女のロッカーに自身のお薦《すす》めアイテムを放《ほう》り込んでいく、お節介《せっかい》な暑苦しいオタク男子の仕業《しわざ》だ。

そのオタク少年……安芸《あき》倫也《ともや》は、小学校時代から、中学を経《へ》て、高校まで、英梨々とずっと同じ学校に通ってきた同級生だった。

いや、本当は、そんなあっさりした一文で済ませられる間柄《あいだがら》ではなくて……

小学校に入学してすぐに急激に仲良くなって、二人揃《そろ》ってディープなオタクになって、でも三年の終わり頃《ごろ》に断絶して、そこからは中学までお互《たが》い口もきかない関係だったけれど、やがて先方の『なぁ、お互いいい加減大人になろうぜ？』という謝罪の言葉（英梨々視点）により、ほんの少しの……それこそオタクアイテムの布教くらいはするようになった間柄で。

その、初めてのプレゼント（英梨々視点）がロッカーに入っていたときの英梨々の浮かれっぷりはさておき、この時点でも二人は、ただ男子側からの一方的な貢《みつ》ぎ物だけで繋《つな》がっていた。

「あれ澤村さん、まだ帰ってなかったの？」

「ええ、今日中に下絵まで終わらせておきたくて」

「へぇ、大変だね、今度の展覧会、夏休みだっけ？」

「芝原《しばはら》さんこそ、もうすぐバスケ部もインターハイ予選よね？　お疲《つか》れさま」

「あら、澤村さんも今帰り？」

「随分遅《ずいぶんおそ》くまで頑張《がんば》ってるのね」

「高山《たかやま》先輩、菱田《ひしだ》先輩……いえ、お二人こそ」

「それはまぁ、私たちは最後の展覧会だしね」

「あなたみたいに入賞できなくても、せめて有終の美として自分の満足いく作品くらいは上げたいし」

「そんな……春の時は、運が良かっただけですよ」

校庭に出ると、ちらほらと残っていた生徒たちが、次々と英梨々のもとに集まり、小さな人の輪ができる。

目を引く金髪《きんぱつ》ハーフの美少女で、仕草からも育ちの良さがにじみ出るお嬢様で、けれど誰《だれ》にも分《わ》け隔《へだ》てなく優《やさ》しく接すると噂《うわさ》の英梨々の周りには、同級生、先輩問わず、常に人が集まってくる。

けれど……

「それでは皆《みな》さん……ごきげんよう」

英梨々は、そんな取り巻きと、決して校門の外では一緒《いっしょ》に過ごさない。

……小学校三年生の冬以来、英梨々には、ずっと本当の友達はいなかった。

※　※　※

「『恋《こい》するメトロノーム』……？　聞いたことないタイトルね」

家に帰り、すぐにツインテールの髪を解《ほど》き、制服からジャージに着替《きが》え、本当の自分を取り戻《もど》した英梨々は、ベッドにだらしなく寝転《ねころ》ぶと、鞄の中から例の文庫本を取り出した。

そこには、ラノベとしてはいかにもなタイトルと、ラノベにしては少し地味な少女のイラストが表紙を飾《かざ》っている。

「霞詩子……新人かぁ」

帯を見ると『第四〇回ファンタスティック大賞受賞　期待の新人デビュー!!』との売り文句が燦然《さんぜん》と輝《かがや》いている。

「どれどれ……お手並み拝見、っと」

英梨々は軽く鼻を鳴らすと、サイドテーブルに置いてあった眼鏡をひょいっと掛《か》け、ページをめくり始める。

そんな上からな態度を見せてはいたけれど、実はほんの少しだけ期待していた。

だって、今まで倫也が薦めた作品で、つまらないと感じた作品なんかなかったから。

そんな英梨々の仄《ほの》かな期待は、斜《なな》め上の方向に大きく裏切られることになった。


次の日、英梨々は学校を大幅《おおはば》に遅刻《ちこく》した。

それは、読み始めた本が面白《おもしろ》くてやめられなかったから〝だけ〟ではなかった。

その文章に、その展開に、その結末に、ヒロインの魅力《みりょく》に、主人公の想《おも》いに……

そんな、この作品の持つ力にあてられて大泣きしたせいで、目の腫《は》れが酷《ひど》くて登校できなかっただけだった。

※　※　※

それからの英梨々の行動は速かった……というか、オタクの本能剝《む》き出しだった。

すぐにファンタスティック文庫のＨＰをチェックして、二巻まで出ていることを知ると、アマ〇ンプレミアムで注文し。

それでも到着《とうちゃく》まで一日かかると知ると、その短期間の飢餓《きが》感《かん》さえ我慢《がまん》できず、電子書籍《しょせき》版をダウンロードして一気に読みふけり。

さらには金に糸目をつけず、ネットオークションでショップ特典をあるだけ落とし……

けれど、週末に作者のサイン会があることを知ったときにはすでに整理券の配布が終《しゅう》了《りょう》していて、滂沱《ぼうだ》の血涙《けつるい》を流した。

※　※　※

そして七月中旬《ちゅうじゅん》——

夕方になっても汗《あせ》が引いてくれないほどの熱気が覆《おお》う、学校の廊下。

「……よしっ」

『図書室』というプレートが掲《かか》げられた扉の前に立ち、英梨々は震《ふる》える足を必死で押さえつつ、小さく気合を入れた。

いつもなら見向きもしないその場所に、部活を抜《ぬ》け出してまで英梨々が足を運んだのには、ちょっとした、けれど彼女にとって大きな理由があった。

『安芸君だったら、放課後はずっと図書室に入り浸《びた》りみたいだよ？』

そんな風の噂を、さり気なさを装《よそお》って倫也と同じクラスの女子から聞き出したから。

〝えっと、読んだよ……『恋するメトロノーム』〟

〝布教するんなら、一巻だけじゃなく二巻も入れときなさいよ〟

〝あたし、沙由佳《さゆか》もいいけど、真唯《まゆい》の方が好みかも〟


目を閉じ、倫也にかけるべき第一声をシミュレートする。

昨夜ベッドの中で徹夜《てつや》で考えて、やっとこの三つに絞《しぼ》ったけれど、まだそこから一つに絞りきれていない。

とはいえ、もう何年も自分から倫也に話しかけていない英梨々がそこまで迷うのも無理のないことだった。

「っ……勇気、出せっ」

けれど、それでも今は語りたかった。

今しかないと思っていた。

自分たちを再び繋ぐのは『恋するメトロノーム』しかないと、思っていた。

メールで伝えるだけでは、今のこの熱が伝わらない。

あの激しい感動を、共有できない。

だから、会って伝えなくてはならない。

「失礼、します」

英梨々の指が、扉に掛かる。

まだ少し震えてはいたけれど、それでも力は込《こ》められる。

だから、ありったけの勇気を振《ふ》り絞って、その始まりの扉を開き……


『と、図書室に？　「恋するメトロノーム」が？』

『そう！　やっと入るんだよ！　九月から！』

『……倫也くん、あなた今度は何やったのよ？』


そして英梨々は、その姿を目にした。

図書室の隅《すみ》の本棚《ほんだな》の奥。人目を憚《はばか》るように、けれど明らかに仲睦《なかむつ》まじく会話する、一組の男女を……

ACT4　ただの一ファンの、ただの幼なじみ

「ぶっ!?　げほっ、ごほっ……」

「もう、何してるの？　しょうがないわね」

九月も後半に突入《とつにゅう》した、ある休日。

詩羽《うたは》と、彼女のファンであり後輩《こうはい》でもある倫也《ともや》は、二人が通ういつもの学校から電車を使って一時間くらいの場所にあるバーガーショップで顔を合わせていた。

ちなみに、わざわざそんな遠い場所で会う約束をしたのは、二人の関係を周囲に知られたくないからとか、そう考えるくらいにやましい関係だとか、この後に行くところが更《さら》にやましい場所だから仕方ないとかそういう意図はなく（少なくとも片方には）、彼女の〝いつも通りの気まぐれ〟によるものだった。

ここは詩羽の生まれ育った街、和合《わごう》市。

そして処女作『恋するメトロノーム』の舞台《ぶたい》となった、彼女にとって『基本的に外出なんかしたくないけど、ここならまぁ我慢できる』くらいには馴染《なじ》み深い街だった。

まぁ、そんな周辺事情はともかく……

「な、なんでその名前が今出てくんの？」

「……どうしてそこまで動揺《どうよう》してるの？」

詩羽が挙げた、とある名前は、倫也が飲んでいたコーヒーを吹《ふ》き出させ、彼女に『ハンカチで相手の口元を拭《ぬぐ》う』という姉《あね》さん女房《にょうぼう》みたいな世話を焼かせることに貢献《こうけん》した。

「いや、だって……俺とは全然関係ない人間だし」

「だからって、話題にしてもおかしくないでしょう？」

けれど一方で、倫也のその激しすぎる反応は、詩羽にある種の不愉快《ふゆかい》な疑念と確信を持たせることにも成功してしまったので、まぁ痛《いた》し痒《かゆ》しといったところだった。

「だって、澤村英《さわむらえ》梨々《りり》さんと言ったら、豊ヶ《とよが》崎《さき》学園では知らない人がいないくらいの有名人じゃない」

「そんなこと言われても、クラス違《ちが》うし、趣味《しゅみ》違うし、育ちも違うし……俺みたいなオタクが興味を持つ方がおかしいよ、澤村・スペンサー・英梨々なんてさ」

相変わらず倫也は動揺を隠《かく》しきれず、その素っ気ない言葉とは裏腹に、態度の方で思いっきり雄弁《ゆうべん》にギルティと語ってしまっているのがアレだった。

まぁ、詩羽にしてみれば、言葉の方だって完璧《かんぺき》に隠蔽《いんぺい》できている訳でもなく……

「そのスペンサーって、彼女のミドルネーム？」

「ああ、父方の名字。澤村ってのはお母さんの方。あいつのお父さん、イギリスの大使館勤めなんだけど、日本に駐在《ちゅうざい》になってからお母さんと知り合って……あ」

「………へぇ、そうなの」

まさに『語るに落ちるとはこういうことだ』と言わんばかりに、倫也がさらにうろたえて目をそらす。

「だ、だから、俺に聞いたって役に立つことなんか何も答えられないっていうか……」

たった三秒で相当に貴重な情報を聞かされたような気がしないでもなかったけれど、詩羽はそのことには敢《あ》えて触《ふ》れず、じっと倫也の顔を、それはもう疑惑《ぎわく》丸出しの視線で見つめてみせた。

澤村・スペンサー・英梨々……

つい先日、その容姿と、その家柄《いえがら》と、その評判に似合わぬ子供の喧嘩《けんか》を吹っかけてきた金髪《きんぱつ》の少女のことを、倫也は明らかに知っていた。

「……あの、詩羽先輩《せんぱい》」

「なぁに?」

「もしかして、そいつに何かされた? 嫌《いや》な態度取られたとか、あからさまに敵視されたとか、靴《くつ》に画鋲《がびょう》入れられて痛がるこっちを指差して高笑いされたとか」

「……本当にそういうテンプレ意地悪お嬢様《じょうさま》な人なの彼女？」

「いや基本的に悪い奴《やつ》じゃないんだけど、なんか時々キレると面白いこと始めるんで」

というか、知っていることを隠す気があるのかも怪《あや》しかった。

「別に、直接話した訳じゃないわよ。ただ……」

そして詩羽の方は、自分が体験したあの日のことをしっかりと隠した。

「この前偶然《ぐうぜん》、校内で澤村さんと倫也君が仲良く話しているところを見かけたから、というのはどうかしら？」

隠しつつ、別のアプローチを試みてみることにした。

彼女と自分の配役を逆にすることによって。

「あ〜先輩、そうやってカマかけても無駄《むだ》だよ」

「……ばれちゃった？」

と、倫也は今度は、詩羽が予想したほどには簡単に反応しなかった。

詩羽の牽制球《けんせいきゅう》を、『ありえない』といった態度で軽く笑い飛ばしてみせた。

けれど……

「だってあいつ、学校じゃ絶対に俺に話しかけてこないし。何かあっても大抵《たいてい》はメールだし。しかもすっげぇ簡潔に用件しか書いてこないし。どんだけ俺のこと嫌《きら》ってるんだよって……」

「…………」

そこから続いた反応は、もうわざとやってるんじゃないかと思えるくらいにあからさまだったりして……

自分から仕掛《しか》け、しかも大成功したのに、詩羽は理不尽《りふじん》にもかなりイラっときていた。

何しろ、知りたくもないことを一気に知ってしまった。

倫也と澤村英梨々との間には、少なからず因縁《いんねん》があるということ。

お互《たが》いのメールアドレスを知っている間柄だということ。

しかも、あの評判のお嬢様の方からわざわざ連絡《れんらく》をよこす仲だということ。

つまりあの時、澤村英梨々が自分に突《つ》っかかってきたのは……

霞ヶ丘《かすみがおか》詩羽が、彼女の人気を脅《おびや》かすかもしれない人物だったからじゃなくて。

霞詩子《かすみうたこ》の書いた作品が、彼女にとって気に入らないものだったからでもなくて。

自分が、安芸《あき》倫也と仲良くしている女の子だからという、本当に、ただそれだけ……

「……先輩？」

「……なぁに、倫也君？」

倫也が、ガタガタと揺《ゆ》れるテーブルと、薄笑《うすわら》いを浮《う》かべた詩羽の表情を、青い顔で交互《こうご》に見つめている。

「えっと、俺……何か怒《おこ》らせること言ったかな？」

「大丈夫《だいじょうぶ》よ……別に何も気にしてないから」

「嘘《うそ》だよねそれ⁉」

「お互い様にね……っ」

詩羽の貧乏《びんぼう》ゆすりは、そろそろ半径五メートルくらいを巻き込むほどになっていた。

※　※　※

「か、霞ヶ丘先輩が……澤村さんにっ？」

「ええ、そういう訳で中に入れてくれないかしら？」

翌日、月曜日。

授業中の光景をまったく描写《びょうしゃ》しないこの作品の慣例にもれず、放課後の校内。

「そ、そそそそれって一体どういうことですか……っ？」

「どうもこうも、ただちょっと話をしたいだけなのだけど」

校舎の西の隅に位置する美術室の扉《とびら》を挟《はさ》んで、詩羽と、美術部員らしき一年生のおさげの少女が押し問答を繰《く》り広げている最中だった。

「で、でも、でもっ……」

「……どうしてそこまで構えるのよ？　何もあなたをどうこうしようなんて一言も言ってないでしょう？　あなたはただ、黙《だま》って案内すればいいと思うのだけれど？」

「え、えっと……話の内容というか、詳《くわ》しい用件というか、そういうのは……」

「……私個人の用事だと言っているのに、あなたにそういうことを説明しなければならないのかしら？　美術部ってそんなに身内主義的で秘密主義的で全体主義的な腐《くさ》れ切った組織なのかしら？」

「ひいっ⁉」

おさげの少女は多分『そんなふうに言われて構えない人がいると思いますか⁉』などと言い返したかったのだと推測されるが、そんな反論をしようものなら、さらに何倍の氷の刃《やいば》を突き立てられるかわかったものじゃないので口に出せなかったとも推測できた。

それほどまでに、『暗黒美女』だの『黒髪《くろかみ》ロングの雪女』だのという、この二年生に対する悪評が校内に浸透《しんとう》していることでもあった。

彼女にとっての不幸は、今この場に自分以外の……それも詩羽と同学年以上の部員がいないことだった。

まぁ、たとえそんな頼《たよ》れる先輩がいたとしても、不幸になるのが彼女ではなくその先輩になるだけではあったけれど。

「とにかく、入らせてもらうわよ」

「あ、ちょっと待ってください！」

とうとう堪忍袋《かんにんぶくろ》の緒《お》が切れた……いや、これ以上の非生産的なやり取りを無駄と判断した詩羽は、おさげの後輩を振り切って美術室の中に足を踏《ふ》み入れた。

それでも健気《けなげ》な一年生部員は、この美術部を、ひいては憧れの同級生《澤村英梨々》を守るため、萎《しぼ》んでしまいそうな勇気を振り絞《しぼ》って、詩羽の後を追う。

……それほどまでに、『豊ヶ崎二大美女』などという、彼女たち二人の関係性を危惧《きぐ》する称号《しょうごう》が校内に浸透していることでもあったりした。

「……誰《だれ》もいないじゃない」

「だからいるなんて一言も言ってないじゃないですかぁ」

足を踏み入れたその場所は、週に一度の授業で見慣れた美術室だった。

机と椅子《いす》とカンバスと彫刻《ちょうこく》が雑多に並ぶその場所には、先週、詩羽が遭遇《そうぐう》した夕陽《ゆうひ》に輝《かがや》く金色の髪は見当たらない。

「でも、部活には参加しているのでしょう？　どこかに出ているの？」

「いえ、多分、第二美術準備室だと思うんですけど……」

「準備室？」

後輩《こうはい》の少女が指差したのは、教室の後方、窓際《まどぎわ》に据《す》え付けられた鍵《かぎ》付きの扉。

「ええ、澤村さん、よくその部屋にこもって一人で作業をしてるんです」

「ちょっと待ってよ。準備室って、普通《ふつう》は先生が授業の準備のために使うものじゃないの？」

「ああ、先生が使っているのはそっちの第一美術準備室の方なんです」

と、今度少女が指差したのは、さっきの反対側、教室の前方の鍵付きの扉だった。

「もともと第二準備室の方は、美術部の部室みたいな使われ方をしていたんですけど、澤村さんが入部してきてからは、彼女の個室みたいな感じになって……」

「何それ親が高い絵でも寄付したの？」

「いえ、そんなこと……ただ、一年の春の展覧会でいきなり入選したから学校も特別扱《あつか》いみたいな感じで」

「……それでよく仲良くやってられるわね」

二つの準備室とか、個人専用の作業部屋とか、どう考えても軋轢《あつれき》しか生みそうにない美術部の内情に、詩羽は微妙《びみょう》に戦慄《せんりつ》した。

「だって澤村さん、お嬢様なのに人当たりいいし、誰にでも分《わ》け隔《へだ》てなく優《やさ》しいし」

「……へぇ、そう」

となると詩羽が先週見たあの澤村英梨々は逢魔《おうま》が刻《とき》の幻《まぼろし》だったのだろうか？

それとも、あの時の彼女は自分を映し出す鏡だったとでも言うのだろうか？

「何より、本人が美術品みたいなものですから、ね」

「……そうね。だからこそ、もう一度見てみたいの」

そう自分に言い聞かせると、詩羽は教室の後ろへと歩み寄り、『第二美術準備室』とプレートの掲《かか》げられた扉に手をかける。

「で、でも……せめてノックしてから」

「大丈夫よ」

澤村英梨々が何者なのか。

皆《みな》の言う通り、完璧《かんぺき》お嬢様なのか。

詩羽の見た通り、欠陥《けっかん》お子様なのか。

「最初に勝手にあがり込まれたのは、私の方なんだから」

けれどそれも、もう一度会ってみれば、今度こそわかるだろう。


「……何これ？」

意外なことに、扉は抵抗《ていこう》なく開いた。

そして、詩羽が求めた英梨々の姿はなかった。

けれどどうやら、詩羽が求めた人物は、敵の襲来《しゅうらい》を察知して逃《に》げた訳でも、最初からここにいなかった訳でもなく、ほんの少しの間だけ中座しているだけのようだった。

その証拠《しょうこ》に、準備室の中は雑然としていた。

それは多分、この部屋の主がついさっきまで作業をしていて、そしてすぐに再開するつもりに違《ちが》いなかったから。

「……何なのこれ？」

そして何より、彼女なら……

いや、大抵の女子なら、この部屋を放置していくなんてありえない……

「あ、あの……澤村さん、いましたか？」

「っ！　入ってきたら駄目《だめ》！」

修羅場《しゅらば》を期待したのか心配したのか、様子を窺《うかが》いに準備室に入ってこようとしたおさげの美術部員を、詩羽は強く押し出し、中から鍵をかける。

「ちょ、ちょっと〜、中で何が起こってるんですか〜⁉」

その詩羽の態度に、やっぱり超絶《ちょうぜつ》な修羅場を予測した彼女の叫《さけ》び声が聞こえる。

また黒い方向に誤解されてしまった詩羽だったけれど、それでもやっぱり、彼女に……

いや、澤村英梨々以外の誰にも、今のこの部屋を見せる訳にはいかなかった。

それはまさに、衝撃《しょうげき》だった。

狭《せま》い準備室の中に散らばる、ラフスケッチの山。

その一枚一枚に埋《う》められた圧倒的《あっとうてき》な記号と情報。

質も、量も……これを今日一日で描《か》き散らかしたというのなら、澤村英梨々という少女は、確かに美術部のホープ、いやエースと称《たた》えられても当然と思えた。

ただ……

「こっち側……だったの？」

そこに描かれていたものは、明らかに美術部の人間が選ぶモチーフではなかった。

一枚一枚のスケッチブックに躍動《やくどう》するのは、美麗《びれい》な少女たち。

ある者はヒラヒラのアイドル系衣装《いしょう》で踊《おど》り、ある者は水着姿で頰《ほお》を染め、そしてある者は、さらに露出《ろしゅつ》の激しい姿で、さらに艶美《えんび》な表情を見せている。

まるでこの部屋全体に一冊のラノベが、一本のギャルゲーが閉じ込められたかのような、圧倒的な世界観を醸《かも》し出している。


いや、実はそれらのラフスケッチは前哨戦《ぜんしょうせん》に過ぎず……

準備室の中央に鎮座《ちんざ》するイーゼルに立てかけられたカンバス。

そこに色彩《しきさい》豊かに描《えが》き出された、やっぱりこれもとびきりの美少女。

大量の色が飛び交《か》う幻想《げんそう》的な景色に溶《と》け込み、けれどハッキリと浮き上がるように自己主張して。

その世界から直接生えてきたかのようなイバラに……いや、もしかしたら触手《しょくしゅ》に絡《から》めとられ、艶《なま》めかしい苦痛の、いや、もしかしたら快楽の表情を浮かべていた。

それはまるで、周囲の圧倒的な量のスケッチを、全《すべ》て一枚に凝縮《ぎょうしゅく》したかのような情報量と密度で。

それは、高校の展覧会なんかに出品できるはずもないほどいやらしく。

けれど、絵師○人展とかに出品しても通用しそうなほどに可愛《かわい》い。

やがて詩羽は、そんな萌《も》え萌えのカンバスに込《こ》められた一つのメッセージに気づいた。

紙の右下、少しだけ崩《くず》された、けれどしっかり読み取れる文字で書かれていた、制作者のサインに。

「柏木《かしわぎ》……エリ？」

※　※　※

その夜。

帰宅後、自分の部屋のPCで『柏木エリ』を検索《けんさく》して、詩羽が最初に目にしたのは、検索結果のトップに上がってきたとあるサークルHPの名前だった。

「『egoistic-lily』……？」

「……まんまじゃないのよ」

その、『ワガママなリリー』とか『e-lily《えりり》』などと読めるネーミングセンスは、もし澤村英梨々が同人サークルを持っていると知られた場合、一瞬《いっしゅん》で特定されそうな安易さに満ちていた気がした。

……まぁ、霞《かすみ》詩子という自分のペンネームを、かつて一番のファン《倫也》に『ほとんど本名まんま』とか『すっごいやっつけなペンネーム』と酷評《こくひょう》された詩羽が抱《いだ》くべき感想ではなかったかもしれないが。

「っ……!?」

そして、恐《おそ》る恐る検索トップのリンクを踏んだ詩羽は、それから数十分間の、自分がそのサイトの中を巡《めぐ》った軌跡《きせき》をよく覚えていない。

ジャンルも、制作順も、ラフか線画かカラーかも関係なく、目の前に登場してくる膨大《ぼうだい》な可愛い女の子の絵を、次から次へと瞳《ひとみ》に焼きつける作業に夢中になってしまったから。

画一的に見えて微妙に各キャラの特徴《とくちょう》が異なり、二次創作なら元ネタがハッキリ浮《う》かび上がり、それでいて澤村……いや、柏木エリの絵だと誰でも分かる。

きっちり特徴を捉《とら》えたラフ、すっきりと整えられた線、色彩鮮《しきさいあざ》やかなカラーCG。

工程ごとに別の魅力《みりょく》が溢《あふ》れ、けれど後ろに行くにつれて確実に完成度が上がり、最後にはため息がつくほどの美麗な絵が完成している。

数時間前、膨大なラフから一枚の絵画へと昇華《しょうか》されていった流れをもう一度、しかも何重にも見せつけられ、詩羽の顔には、やがて恍惚《こうこつ》とした笑《え》みが浮かび上がりそのまま収まることはなかった。

しばらくして、一般《いっぱん》向けのCGコンテンツを全て舐《な》めつくしてしまった詩羽は、遅《おそ》い来る飢餓感《きがかん》に耐《た》え切れず、とうとう禁断の成人向け認証《にんしょう》ボタンに手を伸《の》ばす。

そこから溢れ出すのは、先程《さきほど》までの豊かな色彩ではなく、目も眩《くら》むほどの画面いっぱいの肌色《はだいろ》アンド白色ウィズ肌色。

肉と欲《よく》と肌と穴と濁《だく》と粘《ねん》と液にまみれ、色数が少ないのを呆《あき》れるほどのグラデーションで装飾《そうしょく》し、見ているだけで欲情《よくじょう》してしまいそうになるほどの色気に満ちていた。

そんな、本来ならモデルの方がお似合いの、ハーフの美少女お嬢様《じょうさま》が描くエロ画像を詩羽は全身に浴び、男子が抱くのとは別の興奮に体を震《ふる》わせた。

※　※　※

それからの詩羽の行動は速かった……というか以下略。

『egoistic-lily』以外の検索結果を片《かた》っ端《ぱし》から覗《のぞ》き、柏木エリが自分のHP以外で公開している美少女CGを全て自身の画像フォルダに落とし込み。

柏木エリが今までに出した同人誌をなんとか入手しようと思ったものの、書店委託《いたく》していないせいでオークションでしか見つからず、どこかの倫理感《りんりかん》豊かな後輩《こうはい》男子の顔がちらつきなかなか食指が伸ばせず。

けれどその出品リストの中に、『この世にこんなものがあっていいのか!?』と叫んでしまいそうなアイテムを見つけて戦慄してしまう。


『egoistic-lily　サン○リ新刊おまけコピー誌　恋《こい》するメトロノーム真唯《まゆい》本　一八禁』


それを見た瞬間、体が勝手に動いていた。

今までネットオークションなど使ったことのない、しかも未成年の詩羽は、悩《なや》みに悩んだ末、担当編集の町田《まちだ》にオークションの代行を懇願《こんがん》し。

町田からの『で、いくらまでなら出すの?』という問いに、その時の入札価格の一〇倍である五万円という数字を口にした。


届いた本は、ペラッペラだった。

元々、同人誌というものがどういったものなのかを、ほぼ情報レベルでしか知らなかった詩羽は、その、B5の紙四枚をホチキスで綴《と》じただけの簡素な紙束を見て、自分のあまりの浅慮《せんりょ》さに深く後悔《こうかい》しかけた。

けれど、その後悔こそが実は浅慮であったとすぐに思い知ることになる。

全八ページ、表紙奥付けを除けば漫画《まんが》部分は六ページ。

もちろんカラーページはなく、表紙含《ふく》めて全てモノクロ線画。

更《さら》にストーリーなんてものもほとんどなく、最初のページから直人《なおと》と真唯は恋人同士で、次のページからすぐにおっ始め、けれどページが少ないから三ページでフィニッシュして、最後にちゅっちゅして終わるだけのセックス顛末記《てんまつき》。

この作品の根幹を為《な》すはずのメインヒロイン沙由佳《さゆか》すら出てこない。

……それでも、そんな短いエッチと少ない線の羅列《られつ》の中に、溢れんばかりの作品愛が詰《つ》まっていた。

直人も真唯も、自分の考えた設定から外れない口調で語り。

短いやり取りの中にも、相手を想《おも》う気持ちを滲《にじ》ませて。

その行為《こうい》は、処女と童貞《どうてい》同士にしては少しばかりやりすぎの感はあったけれど、それでも初々《ういうい》しさや気恥《きは》ずかしさや気持ちの昂《たか》ぶりが感じられ。

もし『恋するメトロノーム』が完結して、その時直人が真唯を選んだなら、こういうこともあるだろうと、原作者である詩羽の中でも自然に飲み込める内容だった。

そんなわけで詩羽は、いや、ライトノベル作家霞詩子は……

ともすれば『自分の子供たちを風俗《ふうぞく》に売られたみたい』と創作者に忌避《きひ》されることもある、自作品の一八禁二次創作と、そんなにも幸せな邂逅《かいこう》を果たした。

ACT5　2nd approach

英梨々《えりり》が美術室を出ると、北側の廊下《ろうか》はさらに闇《やみ》が濃《こ》くなっていた。

時計を見ると、すでに五時半を回ったところ。

秋も深まり、逢魔《おうま》が刻《とき》もだいぶ早くなってきた校内は、すでに人の気配はまったく感じられず、まるで見る者を廊下の奥の漆黒《しっこく》へと吸い込んでいくかのような雰囲気《ふんいき》を漂《ただよ》わせていた。

そんな廊下の真ん中で、英梨々はふと足を止め、もともと視力の低い目を必死に細め、その暗く染まった校舎の奥を覗き込む。

その様子は、いつものお嬢様然とした自信も風格もなく、なぜだか怯《おび》えているようにも見えた。

「……誰《だれ》も、いないわよね」

暗さに慣れてきた自分の目をようやく信じ、一歩一歩、床《ゆか》の存在を確かめるかのように、ゆっくりと廊下を歩み出す。

先週以来、英梨々はずっとこんな感じだ。

見えない何かを……いや、ぶっちゃけ霞ヶ丘詩羽《かすみがおかうたは》を恐れ、過剰《かじょう》なまでに警戒《けいかい》するあまり、こうして人を避《さ》け、遅くまで校内に残り、かえって遭遇《そうぐう》する危険度を上げていたりする。

きっかけは、彼女の同級生にして同じ美術部員の遠山晴美《とおやまはるみ》からの〝ご注進〟だった。

彼女によれば、先週の部活中、所用で英梨々が部室を空けたのと入れ違《ちが》いに、件《くだん》の霞ヶ丘詩羽が、自分を訪ねてきたのだという話だった。

あの、他人に無関心で、けれど敵には辛辣《しんらつ》で、しかも口論で負けたことがないと評判の『黒髪《くろかみ》ロングの雪女』が、まさか自らこちらの本拠地《ほんきょち》に攻《せ》めてくるというのは、さすがに英梨々にとっても想像の埒外《らちがい》だった。

しかも彼女は、こちらが不在と知ると、あろうことか英梨々の〝聖域〟である第二美術準備室にまで踏《ふ》み込んできたのだという。

美術部員なら、あの場所に踏み込んでくるような空気を読まない輩《やから》はいない……その油断が、英梨々にとって最悪の相手に隙《すき》を見せるという痛恨《つうこん》のミスを招いてしまったらしかった。

もし、彼女が、『あの室内』をつぶさに見てしまっていたら。

そして、そこにあるものから、英梨々の正体に辿《たど》り着いてしまっていたら……

「お疲《つか》れさま、澤村《さわむら》さん？」

「きゃあああ～!?」

そんな思考の闇に沈《しず》んでいたせいで、英梨々は、さらにミスを重ねてしまった。

いつの間にか目の前に、ずっと避け続けていた相手が佇《たたず》んでいることに気づかなかったという、馬鹿馬鹿《ばかばか》しくも致命的《ちめいてき》なミスを。

「か……霞ヶ丘、詩羽？」

「今まで部活？　随分頑張《ずいぶんがんば》るわね。展覧会でも近いのかしら？」

そんな、唐突《とうとつ》に目の前に現れた黒髪の上級生は、意外なことに、朗《ほが》らかな笑顔をたたえ、部活帰りの英梨々に優《やさ》しくねぎらいの言葉をかけると……

「それとも、同人イベントでも近いのかしら？　……柏木《かしわぎ》エリ先生」

「～～～っ!?」

その直後、やっぱりその評判に違《たが》わぬ黒い笑顔を向けた。

「な、な、なんでいるのよこのステルス黒髪女っっっ！」

その黒い存在感に吸い込まれそうになるのを必死で振《ふ》りきり、英梨々は強気な憎《にく》まれ口を叩《たた》きつつ、けれど思いっきり情けなく後ずさりした。

「その、先輩《せんぱい》に対しての失礼極《きわ》まりない発言については後でゆっくり検証させていただくとして、自分の教室から出てきたことに文句を言われる筋合いはないのだけれど？」

「え？　え？」

英梨々が慌《あわ》てて見上げると、目の前の教室には2―Dと書かれたプレート。

……実は美術室と階段を挟《はさ》んですぐ隣《となり》の教室にこの天敵が生息していたという衝撃《しょうげき》の事実を今さら知った英梨々に、めまいと脂汗《あぶらあせ》と動悸《どうき》が一度に襲《おそ》い来る。

「まぁ、あなたが出てくるのを待っていたのは確かだけれど。何しろあれ以来、もう一度お話をしたいってずっと思ってたし」

「そ、それってつまり……」

「ええ、あなたの『もう一つの顔』について、色々と聞きたいことが……」

その瞬間、英梨々は敗北を悟《さと》った。

もはや自身の生殺与奪《せいさつよだつ》の権利は、この悪魔《あくま》のような雪女に握《にぎ》られてしまったのだと。

「『正体をバラされたくなければ言う通りにしろ』って脅迫《きょうはく》するつもりね？」

「……は？」

英梨々の頭の中に、今から数秒後のシーンが克明《こくめい》に浮《う》かんでくる。

「あんたが笑いながら合図をすると、教室の中から不良っぽい男たちがたくさん出てきて、あたしを取り囲むんでしょ？」

「いえ、私たち以外にここには誰も……」

「あたしは怖《こわ》くなって必死に逃《に》げようとするんだけど、屈強《くっきょう》な男たちに羽交《はが》い絞《じ》めにされたらもう抵抗《ていこう》なんかできるはずもなくて……っ！」

「ちょっと、澤村さん？」

というか、そろそろ脳内ではほぼネームも固まってきた。

『表紙カラー／B5／二四ページ／オフセット本』という感じの仕様でまとまりそうだ。

『おいおいマジかよ……こいつ美術部の澤村じゃねえか』

『まさかあのお嬢様《じょうさま》を好きにできる日が来るなんてよぉ……こりゃすげぇ』

『ほ、本当にやっちまっていいんですかい？　詩羽のアネゴ？』

『構わないわ……彼女がいつも描《か》いている凌辱《りょうじょく》同人誌のようにしておあげなさい？』

『きゃあああぁ〜〜〜！』

「ゆ、許して……堪忍《かんにん》してぇっ」

「ちょっと澤村さん、私は別にそんな話は……」

「そ、それでもって、あたしが犯《おか》されてるのを見て興奮したあんたは自分から男にまたがって積極的に腰《こし》を振ったりして……ああ、なんてはしたないっ」

「ついでに人を淫乱《いんらん》ビッチみたいな役回りにしないでくれる？」

「駄目《だめ》、駄目……あ、あたし、初めてをあげる相手はずっと前から決めて……っ！」

「落ち着きなさいこの妄想《もうそう》エロ娘《むすめ》！」

ちなみに英梨々の脳内では、すでに『エリと雪の女郎《じょろう》』というタイトルまで決まっていた……

※　※　※

「ここはまだ明るいのね」

「あ、あたしをこんなところに閉じ込めてどうしようっていうの……っ？」

「それはもういいから」

第二美術準備室の扉《とびら》を開けると、沈みかけの夕陽《ゆうひ》が窓から直接差し込んでくる。

英梨々から鍵《かぎ》を奪《うば》い、先週と同じくまるでこの部屋の主のようにずかずかと室内に入り込んだ詩羽は、やはり先週と同じく無遠慮《ぶえんりょ》に室内を見回すと、イーゼルの前にあった椅子《いす》に我が物顔でどっかと座った。

「まぁ、あなたも楽にしなさいよ」

「勝手に入らないでよっ、じろじろ見ないでよっ、余裕《よゆう》でくつろがないでよっ」

そんな詩羽の傍若無人《ぼうじゃくぶじん》な態度に、文句だけは言いながらも、英梨々はもう一つの椅子を壁際《かべぎわ》まで引いて、そのまま部屋の隅《すみ》にこそこそ座る。

『豊ヶ崎《とよがさき》美術部の一年生エース』として一目置かれているはずの英梨々のその態度は、『ヘイヘイピッチャービビってる！』と野次を飛ばされてもおかしくないくらいに、まぁみっともない。

……とはいえ、英梨々をそこまでビビらせてしまった当の詩羽としても、実は今のこの状況《じょうきょう》は、まったく望んだものではなかった。

「へぇ、先週来た時より片付いてるわね」

「そ、そりゃ、まさか同じ学校に、厚かましくて自分勝手で偏執《へんしつ》的な不法侵入者《しんにゅうしゃ》がいるなんて思いもしなかったもの」

「……いくら私立高といえどもここは美術室の一部なのだから、生徒たちにとっては等しく公共の施設《しせつ》のはずだけど？　問題があるとすれば、その公共の場に大量の私物を持ち込み、あさましくも既得権《きとくけん》を主張する美術部員さんの方ではないのかしら？」

「なっ……」

「だいたい、学校の中でこんなに『見られて困るモノ』を描《か》き散らかすとか、モラルとか以前に、ここまで大きく育ってしまったあなたの性癖《せいへき》について、過去のいきさつと今後の行く末を丸ごと心配しない訳にはいかないわ。もしかしてあなた過去によっぽど酷《ひど》い性的トラウマでも植え付けられてるんじゃないの？　それこそあなたの同人誌ネタみたいな」

「なっ、なっ、なっ……い、いいいい言わ言わ言わ言わ言わせておけば霞ヶ丘詩羽っ……って酷いよそこまで言うことないじゃない……っ、う、うぅ……っ」

『違う違う、そうじゃ、そうじゃないの……私はただ、柏木エリというイラストレーターと創作について話をしてみたかっただけなの』

……ちなみに今の詩羽の長台詞《ながぜりふ》のときの彼女の心理描写《びょうしゃ》はこうであった。

とりあえず『どの心がそれを言うか』という一般《いっぱん》的な感想はさておき、今さら心の中でどう言い訳しようがもはや致命的に取り返しのつかない暴言を吐《は》いていることは間違《まち》いないのだが、彼女のそれらの発言は、彼女の中では決して本意ではないらしい。

「あ、あ、あんたって……今までもそうやって、ライバルの秘密を握っては脅《おど》して、蹴落《けお》としてきたんでしょそうなんでしょ！」

「そんなことしているつもりはないのだけれど……ただ、あなたみたいに勝手に自滅《じめつ》してくれる負け犬気質が身についた人が競争相手だと色々と楽でいいけれどね」

「なっ、なななな……っ、ふ、ふぇ、ふぇぇ……っ」

……実は最近、詩羽の鞄《かばん》には、柏木エリの『恋《こい》するメトロノーム』コピー誌が常備されている。

もちろん、いざとなったらその本を取り出して、英梨々の裏の顔を衆目に晒《さら》し恥《はじ》をかかせる……ことが目的ではなかった。

ただ、自分の作品を読んでくれたことと、二次創作するほど気に入ってくれたことに対する感謝を伝え、あわよくばサインを貰《もら》い、さらにあわよくば、今までのことを水に流して仲直りする、はずだった。

なのに、英梨々の態度や言葉や声や泣き顔があまりにも被虐《ひぎゃく》的なせいで、詩羽の中のSな本性《ほんしょう》が目覚めるのを止めることができない。

『あなたもしかして虐《いじ》めて欲しいのそうなの？』と問い質《ただ》したくなるくらい、詩羽の背中をぞわりと快感が駆《か》け上がってきちゃったりする。

今さらながらに詩羽は、自分の〝戦闘《せんとう》時以外の〟コミュ力のなさというか歪《いびつ》さに我ながら呆《あき》れていた。

こんなことでは一生、友達も恋人もできないかもしれないと自ら認めてしまいそうになるくらい。

「と、とにかく、みっともなく泣くのはおやめなさい……ほら、ハンカチ」

「いらないわよっ……自分の持ってるし」

で、そうやって英梨々が取り出すハンカチが、どう見ても普通《ふつう》の高校生には分不相応の海外高級ブランド品だったりするものだから、それがまた詩羽をイラっとさせたりする。

まぁこれはさすがに完全な言いがかりだったけれど。

※　※　※

「それで？」

「なによ？」

六時を過ぎて、陽は完全に沈み、美術準備室の中に闇《やみ》が訪《おとず》れた。室内に

英梨々が手元の小さなスタンドのスイッチを入れると、室内にぼうっと薄暗《うすぐら》く照らされぼうっと薄暗《うすぐら》く照らされた二人の影《かげ》が浮かび上がる。

そんな暗さに目も心も慣れた頃《ころ》、ようやく落ち着きを取り戻《もど》しかけた二人が、普通のテンションで話し始める。

「澤村さん、あなたどうして隠《かく》しているの？　同人をやっていること」

「あんたもラノベ作家だって隠してるじゃない」

「私は隠してるわけじゃない。ただ私の個人的事情を面と向かって聞いてくる命知らず……いえ、勇気のある人がいないだけよ」

「……それ胸を張って言うようなことじゃないわね」

〝ただ一人を除いては〟という制限を答えから外したことを、聞いた方も答えた方も気づいていたけれど、二人とも、今はあえてその闇には踏《ふ》み込まなかった。

「常識で考えなさいよ……このあたしが、澤村英梨々がエロ同人やってるなんて、今さら言えるわけないでしょ？」

「だったら最初から言ってしまえばよかったのよ。入学してすぐにカミングアウトして、

アニメ同好会にでも入ればよかったのよ。だってあなた、どう考えても高校生から始めた趣味《しゅみ》じゃないでしょう？」

「………萌《も》え絵を描き始めたのは小二くらいから、かな？」

「それだけのキャリアがあるなら、なおさら……」

「オタク差別の根は深いのよ」

「今どきそんな古臭《ふるくさ》い価値観なんて流行《はや》らないでしょ。もうオタクなんて十分に市民権を得ているじゃない」

「っ……」

詩羽のその言葉は、今までよりも全然毒が薄く、どちらかと言えば擁護《ようご》に近いニュアンスだったけれど……

それでも英梨々の表情は、一瞬《いっしゅん》、灼熱《しゃくねつ》の中の陽炎《かげろう》のように揺《ゆ》らぎ、スタンドの照明に浮かび上がる自らのシルエットまでも揺らす。

「それに、最初から差別される側にいて、徐々《じょじょ》に慣れていくという手もあったはずよ？あなたほど重度でマニアックで引退不能なオタクなら、その方が比較的《ひかくてき》幸せだったんじゃないかしら？」

もしも英梨々が、最初から重度のオタク同人作家であることを公言していれば、二人にはもう少し幸福な出会いがあったかもしれなかった。

それこそ図書館で、一冊の本をきっかけに作者と読者として知り合い、一冊の本について熱く語り合い、次の一冊の本の作家と作家として、お互《たが》いを切磋琢磨《せっさたくま》しあえるような、幸せな関係に繋《つな》がっていくような……


「あたしね……子供の頃から、他《ほか》の誰《だれ》よりもオタクが似合わなかったのよ」

それは、一歩言い方を間違えると傲慢《ごうまん》ともとられかねない台詞だったけれど……

でも、英梨々にとって間違いなく厳然たる事実で、いつも自らの目の前に、忌々《いまいま》しい障害として横たわっていた。

「それでね、見るからに似合いそうな人がオタクをやっているよりも、似合わない人間がアニメやゲームの話で盛り上がるのは余計に見苦しいって、そう思われてたみたい」

「それって、あなたの被害妄想《ひがいもうそう》じゃないのかしら？」

「それで執拗《しつよう》にイジめられてたとしても？　オタクやめたふりをしただけですぐにイジメがなくなったとしても？」

「………………」

子供の頃、英梨々の容姿は、オタクを名乗るにはあまりにナチュラルな華《はな》やかさに満ちていた。

世間一般が思い描《えが》く、服装や髪形《かみがた》に気を使わないオタク像からも、痛々しい方向で気を使いすぎるオタク像からもかけ離《はな》れ、〝イギリス人のお金持ち〟、〝外交官の一人娘《ひとりむすめ》〟、〝お人形みたいな美少女〟という、かくあるべきなイメージを生まれながらに体現してしまっていた。

そんな英梨々が二次元イラストを描いたり見たりしてブヒブヒ鳴くような真似《まね》は、周囲の、英梨々に幻想《げんそう》を抱《いだ》く人たちには許されることではなかった。

それにもう一つ……

英梨々とは真逆の、『オタクが似合い過ぎる』パートナー《とも や》が側《そば》にいたのも、彼女の、いや、お互いの不幸だったのかもしれない。

この二人の組み合わせが、オタクに理解のない周囲の人々にとって、好ましくないギャップを生み出したことは否《いな》めなかった。

……それを、英梨々が肯定《こうてい》することは一生ないだろうけれど。

ただ、それでも成長するにつれ、そんな英梨々にとって忌々しいイメージは徐々に薄らいではいった。

もともとオタクだった両親から『オタクの世渡《よわた》り』を学び、少しずつ自分でも『2D美少女的あざとさ』を強調することで、だんだん『オタクも似合う女の子』というふうに幅《はば》を広げてはきていた。

ただ、それでも小学生のときのトラウマは、そんな少々のことでは消えるはずもなくて。

「つまりその、子供の頃の鬱屈《うっくつ》が、澤村さんの創作のモチベーションなのね？　だからあなたは、一般人がもっとも眉《まゆ》をひそめるエロ漫画《まんが》に傾倒《けいとう》していった……」

「ううん、一八禁を描くのは売れるからよ？」

「……少しでもあなたの事情を汲《く》み取ってあげようとした私が馬鹿《ばか》だったわ」

呆れた口調で呟《つぶや》きながら、詩羽は目の前のカンバスに被《かぶ》せられていた布を取る。

先週見たときよりも、さらに完成度も艶《なま》めかしさも美しさも上がっていたその美少女&触手《しょくしゅ》イラストは、とてもそんな売り上げ、人気重視の低い志から生まれたように見えなくて、詩羽は自分の審美眼《しんびがん》に対して少々自信を失いそうになる。

「けどそれはさ、あんただって同じでしょ？」

「私は別に、売りたいから書いてる訳じゃ……」

「でも、読者を幸せにしたいとか、少しでも辛《つら》いことを忘れさせてあげたいとか、高い志を持てるように導いてあげたいとか、心の底からそう思って書いてる訳じゃないでしょう？」

「……どうしてそんなことが言い切れるのよ？」

「だってあんた、全然他人のこと好きじゃないじゃない。ていうかほとんどの相手を見下してるじゃない」

「それは……」

『あなたになにがわかるのかしら？　澤村さん……』と論破してやろうかとして、詩羽ははっと思い留《とど》まる。

……つまり、この『論破してやろう』からして見下していると言われても仕方ないということに今さら気づいた訳で。

「あんたの本が読者を感動させるのって、単なる能力でしょ？　才能でしょ？」

「っ……」

「要するにさ、あんたって、単に人の感情を、自分のテクニックで揺さぶってるだけなのよね……」

「澤村さん……？」

思わぬ英梨々の反撃《はんげき》に、詩羽は少しぽかんとして、彼女にしては珍《めずら》しく受け身に回る。

「そこに本気もない、情熱もない。常にどこか醒《さ》めてて、だからこそ冷静に、ここぞというシーンを盛り上げることができる」

それは、今までの英梨々のポンコツぶりから考えても、単なる悔《くや》し紛《まぎ》れの負け惜《お》しみのように聞こえないでもなかったけれど……

「自分も作品の中に入り込んじゃうだけの作家じゃ、とてもこうはならない」

それでも詩羽は、この時ばかりは今までのように強く遮《さえぎ》ったり否定したりせず、辛抱強《しんぼうづよ》く黙《だま》り、英梨々が言いたいことを全《すべ》て言い終わるまで待った。

「もし入り込んでるとしても、それも計算ずく。自分の作品に感動してる自分をコントロールすることで、いい作品を作ろうって計算してやってるのよ」

なぜなら、それは間違《まちが》いなく本気の意見だったから。

「騙《だま》されて、損した……」

そして、騙された《感動した》者の意見だったから。

「こんな黒い人間が、本気で小説なんか書いてる訳がない。自分の体験を、血を、肉を、切り売りしているはずがない……」

さらに、間違いなく、クリエイターの意見、だったから。

「まぁ、もともと二次創作エロだけで売ってる作家に言われても痛《いた》くも痒《かゆ》くもないわね」

「うるさいわねっ」

ただまぁ、最後まで聞き届けた後は反撃も忘れない。

「でも面白《おもしろ》い意見ね。ある意味、最高の褒《ほ》め言葉かも」

「褒めてないわよ」

「けれど、もし自分の思い通りに読者の感情をコントロールできるなら、それって作家としては最強でしょう？」

「……まぁ、ね」

「なのにそうはいかないから、作家って人種はたくさんいるんだし、そうはいかないから、成功する人はほんの一握《ひとにぎ》りなんだし」

「……でも、一人の読者《ともや》を操《あやつ》るだけなら、難しいことじゃないでしょう？」

英梨々の視線が、また恨《うら》みがましさを取り戻していた。

「……何のことかしら？」

それを受けて詩羽の視線が、また猛々《たけだけ》しさを取り戻していく。

「たった一人の意見を聞き入れて、その人の望むままに物語を転がして、ますます自分に傾倒させていく……そういうこと、狙《ねら》ってるんでしょ？」

「な……んですって？」

「男を手玉に取ろうとしてるんでしょ……そのテクニックでっ！」

「澤村さんみたいに、エロで男を欲情《よくじょう》させようとしてる人に言われても痛くも痒くもないわねっ！」

そして、こうなったら、この二人は止まらない……

「ねぇ、やっぱりもっとハッキリ聞くわよ？　あんたと倫也《ともや》って一体なんなの？」

「それは私の台詞《せりふ》よ。一体いつから彼のこと知っているのよあなた？」

「そ、そんなの……昔すぎて覚えてないもんっ」

「っ!?　まさか澤村さん、あなたの『初めてをあげる相手』って……」

「な、なななな何のことっ!?」

「言ったじゃないさっき！　ほら、ほんの数十分前《七八ページ参照》に、廊下《ろうか》で」

「知らない！　あたし何も言ってない！」

「なに、幼なじみ？　やっぱりあなたたち、幼なじみなの!?」

「だったら何だって言うのよ！」

「……ひ、人との縁《えん》は、時間じゃないって言うわよね」

「……一目《ひとめ》惚《ぼ》れって、醒めるのも一瞬《いっしゅん》だって聞くわよね」

「幼なじみって、アニメやゲームだと大抵《たいてい》は負けキャラよね」

「年上キャラがメインヒロインになる作品ってほんの一握りよね」

「金髪《きんぱつ》外国人キャラってキャラバランスを取るための三番手、四番手よね」

「黒髪《くろかみ》ロングキャラって重すぎて主人公を不幸にしそうよね」

「本当に重すぎて主人公の足手まといになるのこそ幼なじみじゃない！」

「もうそれ終わったネタ！　作家のくせに同じネタ二度使ってる！」

「…………っ」

「…………っ」


『だから違うのに……喧嘩《けんか》しに来た訳じゃないのに、何やってるのよ私……』

『ああもう、恋《こい》メトの作者が目の前にいるのに、何やってるのよあたし……』

『あのコピー誌の話、二度とできないわね、もう』

『一生サインもらえそうにないなぁ』

『でも……』
『にしても……』
『このコ、駄目《だめ》な女子よね』
『この人、駄目な女だなぁ』

エピローグ

放課後の視聴覚室《しちょうかく》に差し込む夕陽《ゆうひ》が、やっと涼《すず》しめの風を運んできてくれるようになった九月 中旬《ちゅうじゅん》。

「ちょっと、どういうことよ？　この週末、全然シナリオ進んでないじゃないの！」

……なんだけど、そんな爽《さわ》やかな空気を、あっという間に夏の暑苦しさに戻《もど》しそうな摩《ま》擦《さつ》熱高い声が室内に響《ひび》き渡《わた》るのは、まぁいつものこと。

「ちょっとあんた、霞ヶ丘詩羽《かすみがおかうたは》っ！　これは一体どういうことか説明してもらえるんでしょうね？」

その声の主は、教室の真ん中で、まるで自分のいるところが世界の中心であるかのような態度を取り、その色々とコンパクトな体を少しでも大きく見せようとする虚勢《きょせい》……いや威勢《いせい》のいい女の子。

「……私にだってサークル以外の仕事があるのは周知の事実でしょう？」

対するは、その摩擦熱で熱せられた金属を、灼《や》けたまま瞬間的に凍《こお》らせてしまいそうな、ドライアイスの白い煙《けむり》に混じって放出されたみたいな声。

「それにちゃんとサークル代表《りんりくん》には相談して許可をもらってる……なのにいちいち、取るに足らない末端《まったん》のスタッフが目くじらを立てるのは越権行為《えっけんこうい》というものではないのかしら？」

「なっ!?」

あ、前にも言ったかもしれないけど、人格はドライアイスみたいに白くないよ？　真っ黒だよ？

……と、まぁ、それはともかく、そんな声の主は、教室の窓際《まどぎわ》で、まるで自分のいるところが世界の特異点であるかのような態度を取り、その色々とボリューミーな体を意識せずとも誇示《こじ》してしまう冷血……いや冷静な女の人。

その虚勢の少女を澤村《さわむら》・スペンサー・英梨々《えりり》。

そして冷血の女性を霞ヶ丘詩羽と……あ、違った。

「いくら話が通ってたからって、そんな勝手な判断されても困るわよ……あたし今日から新シナリオに出てくるキャラのデザインに入るはずだったのに、それが上がってないんじゃ作業にならない」

「既存《きそん》キャラの表情パターン追加でも、既存イベントのラフでも、澤村さんのタスクなんていくらでも残っているじゃない。ちょっと順序を変更《へんこう》するだけで、作業が滞《とどこお》ることなんかないと思うのだけれど？」

「頭の中がキャラデザモードに入ってたのよ！　切り替《か》えるのにまる一日はかかるわ！」

「それはリスクを想定していない澤村さんの自己責任に帰結すると思うのだけれど？」

まぁ、緊迫《きんぱく》した状況《じょうきょう》っぽい会話ではあるけれど、玄人《くろうと》（何の）には、どこかほのぼのとしたじゃれ合いっぽい雰囲気《ふんいき》を感じ取れる今は、放課後のサークル活動の真っ最中。

俺たち、ゲーム制作サークル『blessing software』は、来《きた》る冬コミに向けて……ああいよいよもうこの説明は。（プロローグ参照で）

とにかく今日、週明けの活動日に、最初の予定では上がってくるはずだった詩羽先輩《せんぱい》のシナリオが、今日に限っては一キロバイトも進んでいなかった。

まぁ実は、こっちには先週の土曜には伝わっていたので、本来ならそのことを原画担当に連絡《れんらく》していなかった俺の方が、どちらかといえば悪い。

だから本来なら、ここは俺が割って入って真摯《しんし》に謝罪して事態を収束すべきであることはわかっている。

しかしなかなかその踏《ふ》ん切りがつかないのは、そこにもう一つの隠《かく》された事情があるからで……

だって、詩羽先輩の和合市《わごう》ロケハンに同伴《どうはん》したのは、何を隠そう……

「だいたい霞ヶ丘詩羽、あんた、この週末一体なにやってたのよ？」

「サークル以外の仕事があると言ったでしょう？　和合市まで、新作ラノベのロケハンに行ってたのよ」

「本当に？　デブ症《しょう》のあんたが？　……あらごめんなさい出不精だったわね。ちょっと言い間違《まちが》えちゃった、ふふふっ」

「……澤村さん、それって聞いている分にはどこを間違えたのかまったく判《わか》らないのだけれどいちいち言い直す必要があったのかしら？」

「あ……」

その瞬間、なぜだか俺の脳内に『あ、やばい』というご神託《しんたく》が届いたような気がした。

なんだか、今の英梨々の無駄《むだ》な挑発《ちょうはつ》に、誰《だれ》かさんが安易に乗って、事態をさらにややこしくする危険性があるという、天の声が……

「あ、あのさ英梨々、詩羽先輩も……そんなことより作業をさ……」

そんなわけで、訳もなく妙《みょう》な不安に駆《か》られた俺は、一刻も早く事態を収拾しようと二人の間に割って入り……

「とにかく、和合市まで行ったっていうんなら、証拠《しょうこ》を出しなさいよ証拠を！　ロケハン写真とか色々あるんでしょ？」

「いちいちそんなものを提示する必要性は感じないけれど……そうね、なら、向こうで食事をしたレストランのネームカードでも……」

「ほら！　これで英梨々も納得《なっとく》したよな？　だからもうこの話は終わりってことで……」

「……ねぇ、霞ヶ丘詩羽」

「これでわかったかしら澤村さん？　私、週末はちゃんと和合市に……」

「……なにこの『ＨＯＴＥＬマリン《ＦＤ一三七ページ参照》』って？」

「終わりにしようってゆったじゃん⁉」

やっぱり確信犯だったよ誰かさん《詩羽先輩》……

間違った意味でも、きっと正しい意味でも。

「どうしましょう倫理《りんり》君？　あなたと一緒《いっしょ》に和合市のホテルに入ったことが、どうやら澤村さんにバレてしまったみたい」

「な、なななな……なぁぁぁぁ～⁉」

「入ってない！　先っぽ、いや入口までしか入ってないから！」

「ああああああああああああ～～～！」

……それから活動再開まで三〇分ほど無駄な時間が流れた。

※　※　※

「サイン色紙？」

「……澤村さんと、私の？」

「うん、冬コミに出ることも決まったし、決意表明みたいな感じでさ！」

で、三〇分後。

誤解も解けてようやく落ち着いた英梨々と、英梨々を泣かせてとことん溜飲《りゅういん》を下げた詩羽先輩の前に、俺は、何も書かれてないまっさらな色紙を差し出した。

「真ん中に英梨々のイラスト、右側にサイン、で、左側に詩羽先輩のサインを入れて……あ、イラストのキャラクターは巡璃《めぐり》で！」

「なに？　しかもイラストまで描《か》かされるのあたし？」

「いいだろそんくらい？　サークルみんなの宝物なんだし……」

「で、そのサークル所有の色紙をどこに飾《かざ》るつもりなのかしら倫理君？」

「……い、いや～、さすがにここ《視聴覚室》には飾れないし、仕方ないから、ほら、俺たちの第二の部室的な、その～」

「……つまり、倫理君の部屋ということね？」

「なによそのＷｉｎ－Ｌｏｓｅ－Ｌｏｓｅな取引……倫也《ともや》、あんたもしかして、その色紙、ネットオークションで売っ払《ぱら》ったりしないでしょうね？」

「そんなことするわけないだろ！　二人の合同サインなんて、俺にとってどんだけ価値があると思ってんだよ！」

「倫也……」

「倫理君……」

そう、柏木《かしわぎ》エリと霞詩子《かすみうたこ》のコラボサインなんて、どっちかのファンからしてみたら垂涎《すいぜん》もののアイテムで、両方のファンにとっては、もはや空前絶後の宝物だろう。

「……いやその価値がどんなものか知りたくて出品だけはするかもしれないけど。あ、でも入札額さえわかったらすぐＩＤ消して逃亡《とうぼう》するから安心してよ！」

「……あんたそれ余計にタチ悪くない？」

「とても倫理君とは呼べないわねゲス君」

「とにかく頼《たの》むよぅ！　俺たちのサークルの形として、何かが欲《ほ》しいんだよ……」

つまり俺も御多分《ごたぶん》に漏《も》れず、そんな空前絶後の宝物を手に入れる機会をずっと狙《ねら》っていた訳で。

確かにまぁ、サークルのプロデューサーがメンバーにサインをねだるなんて相当にマナー違反《いはん》なのは間違いないけれど。

でも、俺が正々堂々とこの二人のコラボサインを手に入れるためには、誰か他《ほか》の人に、この二人をコンビで起用してもらう必要があるというジレンマがあるわけで……

「もう、しょうがないなぁ、倫也は」

「澤村さんその言い方はいけないわ。とてもとても駄目《だめ》な女の香《かお》りがする……」

で、そんな俺の切実な事情を知ってか知らずか……

英梨々は口を尖《とが》らせて承諾《しょうだく》の意思を示し、詩羽先輩は俺の額を優《やさ》しく小突《こづ》いて、やっぱり承諾の意思を示してくれた。

「あ、ありがとう二人とも！　それじゃ早速《さっそく》……」

と、俺が喜び勇んでペンケースからサインペンを取り出そうとした瞬間……

「あ、ならさ、もしよかったら、もう一枚、わたしにも描いてくれないかな？」

「…………」

「…………」

「…………」

「あ、厚かましかったかな？　ごめんなさい。澤村さんの負担が大きいなら、イラストなくてサインだけでもいいんだけど……」

「う、ううん恵《めぐみ》、それは別にいいんだけど……」

「ええ、サインくらいなんでもないわ加藤《かとう》さん。ただ……」

お前、いつの間にここに……

もなにも、そういえば今日のサークル活動、こいつ一番乗りだったな……

「じゃわたし、ちょっとコンビニまで行って追加の色紙買って来るね？」

「おう、別にそんな急がなくていいぞ。まだ時間あるし」

「あ、あの、恵！」

「ん？　なに英梨々？」

「……色紙、できればもう一枚、お願いできないかな？」

「……悪いけれど加藤さん、二枚で」

「英梨々？　先輩《せんぱい》？」

「…………」

「…………」

「……うん、了解《りょうかい》しました。それじゃ、行ってきます」

※　※　※

そんなわけで……
澤村・スペンサー・英梨々と、霞ヶ丘詩羽。
柏木エリと、霞詩子。
豊ヶ崎《とよがさき》二大美女が、豊ヶ崎二大クリエイターとして出逢《であ》って一年後……
二人は、やっと念願かなって、お互《たが》いのサインを手に入れることができたとさ。

（初出：ドラゴンマガジン2014年5月号～2015年1月号）

そして
竜虎は
神に挑まん
Saenai heroine no
sodate-kata Girls side

プロローグ

「あなた、霞詩子《かすみうたこ》よね?」

「……あなたこそ誰《だれ》?」

大晦日《おおみそか》。冬コミ三日目の開場を数十分後に控《ひか》えた東京ビッグサイトの東館。

自分たちのサークル《blessing software》の設営を、とてもとてもさり気なく他《ほか》の人たちに押しつけ、大量の人と物資が行き交《か》う広大な館内を適当にぶらついていた詩羽《うたは》は、あと五〇メートルほどでサークルスペースに帰り着く手前の通路で、年上らしき見知らぬ女性に声を掛《か》けられた。

もともとコミュ障……いや、人との緊密《きんみつ》な関係をそれほど好まない詩羽は、いつもなら『今忙《いそが》しいので』の一言でさっさと立ち去るところだが、今は珍《めずら》しく立ち止まり、相手の顔をまじまじと睨《にら》み返した……いやその態度も紛《まぎ》れもなくコミュ障っぽかったけれど。

「準備会に、あなたのサイン会に行くほどの大ファンがいてね。そのコにさっき教えてもらったのよ」

「ファン?」

「ええ、『blessing software マジで霞詩子来てる!』って、総本部で大騒《おおさわ》ぎしてたわよ?」

「…………」

「ああ、私は別に吹聴《ふいちょう》して回ったりしないから安心して？　ただ、ほんの少し話がしたかっただけなの」

「……あなたも準備会の人？」

「いいえ、私もただのファンよ」

一瞬《いっしゅん》で、詩羽は相手の嘘《うそ》を見破った。

ただのファンというには、お目当ての作家と話しているというのに堂々としすぎている。

詩羽にとって『ただのファン』というのは、顔を合わせると同時に作家の著作についてこっちが聞いてもいないのに暑苦しく語り、夢見る表情で恍惚《こうこつ》と自己完結し、けれど作家とファンの距離感《きょりかん》を必要以上に意識する倫理観《りんりかん》に囚《とら》われた人間……

……まぁ、その認識《にんしき》も相当に片寄ってはいたけれど、それでも確かに目の前の女性は、普通《ふつう》に考えても純粋《じゅんすい》なファンには見えなかった。

見た目年齢《ねんれい》は三〇前後くらい。少し背は低めのスレンダーな体型。長い髪《かみ》を後ろで結び、ちょっと中性的な雰囲気《ふんいき》を醸《かも》し出している。

そんな第一印象を後押しするように、口調や態度は妙《みょう》にくだけたところがあり、コミュ障……気難し屋の詩羽でも初対面で普通に話せるほどに懐《ふところ》の深さを感じさせる。

その雰囲気は、詩羽が唯一《ゆいいつ》くらいに腹を割って話せる大人の女性《町田苑子》を彷彿《ほうふつ》とさせるところでもあった。

けれど、そんなふうにコミュニケーションが取れているにもかかわらず、詩羽の頭の中では、さっきからずっと謎《なぞ》の警笛が鳴り続けている。

「それで、何の用ですか？　私そろそろサークルに戻《もど》らないと」

「できればこれにサインを貰《もら》いたいんだけど……駄目《だめ》かしら？」

「それ、どこで手に入れたの？」

「まぁ、人脈とか情報網《じょうほうもう》とか、色々と使って、ね？」

「あなた……」

その警笛の理由の一つが、多分、この、いちいち相手の意表を突《つ》こうとしてくる油断も隙《すき》もない言動だった。

その女性が差し出したのは、確かに霞詩子の作品ではあったけれど、世に出回っている霞詩子の代表作であるところの『恋《こい》するメトロノーム』ではなかった。

それどころか、実際にはその作品に霞詩子の名前はクレジットされていない。

市販《しはん》の安っぽいＤＶＤケースに貼《は》られた簡素な文字シールには、『cherry blessing～巡《めぐ》る恵《めぐ》みの物語～』というタイトルが控えめに躍《おど》っていたりした。

それは、本来ならあと数分後の一〇時《コミケ開始》にならないと手に入らないはずの作品で。

今の段階では、準備会へのサンプルや、近隣《きんりん》サークルへの挨拶《あいさつ》用しか出回っていない、超《ちょう》レアアイテムのはずで。

「久しぶりにギャルゲーというものを楽しませてもらったわ……いちいちツボに来る懐《なつ》かしさ満載《まんさい》だった」

「……もうプレイしたの？」

「まだ一ルートだけだけどね」

そして相手の、何の意味があるのかわからない攻勢《こうせい》は、まだまだ続く。

サークルメンバー以外には、まだ世界に一桁《ひとけた》程度しか渡《わた》っていないそのタイトルをプレイしたどころか、一ルートといえどクリアした人間など、間違《まちが》いなく世界で唯一だ。

いや、それどころか……

「いくらなんでも嘘よね？」

「そう思う？」

こうして詩羽が初対面の相手を弾劾《だんがい》するのも、彼女の人づきあいの悪さを差し引いても無理はないことだった。

女性が手にしたそのタイトル、『cherry blessing』は、シナリオ容量二メガオーバー。

たとえサブヒロインの一ルートだけを取っても、五〇〇キロバイトを余裕《よゆう》で越《こ》える、同人ソフトとしては大作といって差し支えないほどのボリュームを誇《ほこ》っていた。

だから、つい一時間ほど前にこの場に搬入《はんにゅう》されたばかりのそのゲームを、今の時点で一ルートといえどクリアしているというのは、常識的にありえない。

しかし……

「もう少しスキップ速度を速くして欲しかったわね。そうしたらあともう一ルートくらいは終わらせられたのに」

「……まさか、オールスキップでCGだけ見たの？」

「？　まさか。テキスト全部読んでるわよ？」

「だから、それはいくらなんでも……」

「嘘だと思う？」

「…………」

「人生生き急いでるとね、そのくらいはできるようになるのよ」

「……そんなプレイ、冒瀆《ぼうとく》だわ」

「確かにクリエイターの意図通りの楽しみ方をしていないかもしれない。けれど極力、それに近づけようとはしてるわ」

「だから、そんなの不可能……」

「初めて出てきたBGMは一ループ聞いて覚えておくのよ。で、音楽の尺と、そのシーンにおけるテキストの総量からシーンの想定プレイ時間を算出して、頭の中で等速の時間軸《じかんじく》に再構成する」

「何を……」

「そうすれば、クリエイターの狙《ねら》い通りの演出を受け取ることができる……まぁ、こっちの時間軸の中でしか通用しない話だから、他人には説明しにくいけどね」

「……言ってるのか、さっぱりわからない」

「ま、人には勧《すす》めないわ。誰にでもできるとは思ってないし」

誰が聞いても詩羽の言い分の方が正しい。

彼女の言っているプレイは、アクションやRPGの早解きとは訳が違い、方法としては誰にでもできる。

しかし、その方法でアドベンチャーゲームをストーリーや演出ごと楽しめる人間なんて、普通はこの世にいない……はずだ。

「私に喧嘩《けんか》を売ってるの？」

「さっきも言ったでしょう？　私は、単なる霞詩子の一ファンだって」

「そんな適当な言い訳……」

「それと、柏木《かしわぎ》エリのね？」

詩羽の背を、ぞわりと悪寒《おかん》が駆《か》け抜《ぬ》ける。

それはまるで、蛇《へび》の舌が背中をはい回っているような、不快で、寒気がして、気持ち悪くて、そして、ほんのちょっと刺激《しげき》的な感覚で。

「あなた、誰……？」

女性は、詩羽のその問いかけには答えず、ポケットから名刺《めいし》を一枚取り出すと、詩羽の目の前に差し出す。

「また会いましょう？　先生……」

そして、詩羽が反射的に受け取ると同時に、もう用はないとばかりに背を向け、あっという間に人混みの中に紛れていく。

詩羽は、その名刺をちらりと見つめると、驚愕《きょうがく》の表情を……浮《う》かべたりとか、そういう激しい反応を返したりはしなかった。

ただ、得心がいったかのような、初めから知ってたかのような、淡泊《たんぱく》で、納得《なっとく》顔で、そして嫌悪《けんお》感《かん》ありありの苦い顔とともにその場に立ち尽《つ》くす。

その名刺に、肩書《かたが》きはなかった。

いや、違う。

その名前こそが、肩書きだった。

『紅坂朱音《こうさかあかね》』

ACT1　穏《おだ》やかな停滞《ていたい》

二月に入ってすぐ。

もうすぐ冬も終わるはずだけれど、一向にその気配を感じさせてくれない底冷えのする夜のこと。


「ね、倫也《ともや》」

『ん？』

「この絵を描《か》き終わったら、どっか遊びに行かない？」

『お前が外に出かけるのをめんどくさがらなければな……』

「あたしだって、一年に一回くらいは外に出たくなる時があるの」

『頻度《ひんど》低すぎだろ……』

「それよりも行くの？　行かないの」

『ま、どっちにしても終わってからだ。終わったら秋葉《あきば》でも、那須《なす》高原でもいいぞ』

「って、もう那須は勘弁《かんべん》」

『あはは、そうだな』

「ま、こっちはそんな感じ。それじゃね」

『ああ、またな』

そんな他愛のない、けれどかけがえのない電話が切れてからも、英梨々《えりり》はしばらく自分の携帯《けいたい》をぼうっと眺《なが》めていた。

その表情は、いつものテンパったものではなく、テンプレ通りにプンプン怒《いか》りをにじませたものでもなく、デレデレに溶《と》けた見ていられない類《たぐい》のものでもなく、ただフラット……というと描写《びょうしゃ》で区別ができないので改めて、少し微笑《ほほえ》んだ程度の穏《おだ》やかなものだった。

その表情に浮かぶものが余裕なのか充実《じゅうじつ》なのか満足なのかわからないけれど……いや、どれでも結局大して変わらないけれど。

とにかく英梨々は、先ほどの電話の相手……つまり倫也と、日が暮れるまでとりとめもない話に興じていた。

それは、八年前なら親に『そろそろ晩ご飯だから早く切りなさい』と叱《しか》られていた行為《こうい》。

そして最近までなら、お互《たが》いの積み重なったわだかまりのため、『もうちょっと……』が言えなかったはずの、行為。

「よしっ！」

その、ほんのちょっと先進的で、ほんのちょっとワガママな日常イベントを全身で堪能《たんのう》した英梨々は、掛《か》け声とともにもう一度机に向かう。

さっきまで避《さ》けていた机に。


そしてやっぱり……

さっきの電話の間に、世界は、現実は何も変わっていなかったことを、思い知らされた。


「あれ？　あれ？　おかしいな……？

あの時は描けたのに……

那須で、一人ぼっちで頑張《がんば》ってたあの時は、描けたのに……？」


英梨々のその独り言には、彼女自身にも気づいていない間違いがある。

端《はた》から見ると、英梨々は描けていた。

最初の絵は、一〇分もしないうちに線画レベルで完成していた。

しかも、その作業の流れは、やっぱり端から見るとほれぼれするものだった。

ごく自然に手が動き、すうっと線が引かれる。

完全に構築された流れの中で、確かなデッサンが組み上げられていく。

そしてあっという間に完成したその絵は、しっかり萌《も》えて、たいそう可愛《かわい》い、いつもの柏木《かしわぎ》エリ的美少女だった。

「……なにこれ」

なのに英梨々は、その、まるで職人芸のように仕上がったスケッチをくしゃくしゃに丸めて、ため息とともにゴミ箱に投げ入れる。

その後も、英梨々のチャレンジはしばらく続いた。

手をゆっくり動かし、丁寧《ていねい》に、丁寧に仕上げたもの。

逆に、思いっきり雑に描き殴《なぐ》ってみたもの。

ついには、眼鏡を外してよく見えないまま描いたもの。

けれど……

「何よ、これ……」

そのどれをとっても、英梨々をほんの少しでも納得させるには至らなかった。

なぜならそれは、去年までの柏木エリの絵だから。

過去の柏木エリの残骸《ざんがい》だから。

今の、昨年の那須高原を経《へ》て開花したはずの、新生・柏木エリの絵ではなかったから。

その新生・柏木エリにとって、恥《は》ずかしいどころか、醜《みにく》ささえ感じさせてしまう凡作《ぼんさく》だったから……

※　※　※

二月上旬《じょうじゅん》の、夕方の視聴覚室《しちょうかくしつ》。

「それじゃ俺、今からちょっと職員室行ってくるから」

『blessing software』恒例《こうれい》の、放課後のサークル活動は、たった一〇分で終わった。

とはいえ、最近の活動日はだいたいこんな感じだ。

何しろ、ゲームも完成し、冬コミ……はともかく、ショップでの委託販売《いたくはんばい》も（一次出荷は瞬殺《しゅんさつ》したものの）動き出したから。

サークルメンバーが（今日も）全員揃《そろ》わなかったから。

そして何より、議論すべき内容が……進捗《しんちょく》がなかったから。

「いい倫也？　余計な言い訳とか主張とか熱く語ったりせずにひたすら謝るのよ？　変に反抗《はんこう》するといつまで経《た》ってもお説教終わらないわよ？」

「……わかった。敗北を知ってくる。じゃな」

ついでに言えば、サークル代表《倫也》が、学校に持ってきたゲームソフトを抜き打ち検査で見つけられ、職員室への呼び出しを食らったという身も蓋《ふた》もない理由もあったから。

「まったく、余計なヘマしちゃってさ……」

そんな迂闊《うかつ》なサークル代表の背中を見送ると、英梨々は、帰り支度《じたく》をするでもなく、鞄《かばん》から漫画《まんが》を取り出し、暇《ひま》つぶしとばかりに読み始めた。

「……というより単なる運じゃないのかしら？　もし持ち物検査が2―B《倫理君のクラス》でなく2―G《あなたのクラス》で行われていたら、今ごろ職員室行きはあなただったはずよ澤村《さわむら》さん」

「うっさいわねぇ……」

そんなふうに、堂々と校則違反《いはん》アイテムを校内で広げ始めた英梨々に、こちらは既《すで》に帰り支度を整えた詩羽《うたは》が話しかける。

「だいたい、倫理《りんり》君が持ってきたゲームソフトって、どうせあなたに貸すためのものでしょう？　とばっちりとは言わないけれど、完全に共犯じゃないの」

なお倫也が取り上げられたゲームソフトは『あの雪のプリズム～white halation～』と

いって、英梨々が『初回特典版予約しそこねた～！』と騒《さわ》いでいたタイトルだった。

「あたしには校内でのイメージってものがあるの～」

「最近はだいぶ偽装《ぎそう》がバレてきているようだけど？　そろそろ何らかの手を打たないと炎《えん》上《じょう》するレベルじゃないかしら？」

「ほんと、うっさいわね～、もう帰んなさいよあんた」

そんな、詩羽の心のこもっていない忠告にも、英梨々は完全に無視を決め込んで漫画に集中する。

「あなたこそサークル終わったのに帰らないの澤村さん？」

「別に、人のことなんか気にする必要ないでしょ」

「もしかして倫理君を待っているの？」

「…………気にするなって忠告したわよ？」

「あなた今まで『一緒《いっしょ》に帰って友達に噂《うわさ》されると恥ずかしいし』って、人前じゃ倫理君と会話すらしなかったのに、ここにきてずいぶん友好度ときめき度が上がったわね……けれど知ってる？　ときめき度が上がると爆弾《ばくだん》も破裂《はれつ》しやすくなること」

「あたしはあんたと違《ちが》って悪い噂をまき散らしたりしないから問題ないわよっ！」

もちろん、どれだけすっとぼけられようが、詩羽が英梨々との心理戦に負けるはずもなく……

「やっぱり倫理君を待っているのね。で、結局夜遅《おそ》くになっても彼は戻《もど》ってこなくて、あなたは一人、怒りのあまり教室中の机を蹴《け》り倒《たお》して泣きながら帰るのね……ああ可哀想《かわいそう》な不遇《ふぐう》系幼なじみ……」

「そんなことないもんっ！　ちゃんとすぐ戻ってくるって約束したもんっ！」

「へぇ、約束したの？　いつの間に？　こっそり？」

「くっ……」

そう、それはそれは、幾重《いくえ》にも罠《わな》を張り巡《めぐ》らし、逃《に》げ場のない状況《じょうきょう》に追い込んで、ネチネチ……いや、注意深く攻《せ》め込んでくる。

しかし……

「……なんか文句あるぅ？」

「……別に」

詩羽は、英梨々の反応に、去年までとの明らかな違いを感じ取っていた。

今までの英梨々は、倫也のことをからかったり、突《つ》っ込んだり、追い込んだりしたらすぐにブチ切れて、キャンキャン吠《ほ》えて、涙目《なみだめ》になって、そして最後に、倫也との関係を否定した。

けれど、今年に入ってからの英梨々は、ブチ切れて、キャンキャン吠えて、涙目になって、そして……

「あたしが誰《だれ》と帰ろうが、それこそ霞ヶ丘《かすみがおか》詩羽には関係ない」

「確かに私は構わないけれど、本当に友達に見つかったらどうするの？」

「それで変な詮索《せんさく》をする連中を、これからも友達だなんて認められると思う？」

「……そうね」

そして絶対に、倫也との関係を否定しない。

最後の最後で、意地を張ったりしない。

弄《いじ》られても、負けても、泣かされても、どこかそわそわしてて、どこか楽しげで、どこか誇《ほこ》らしげで。

それはまるで、ツンデレの黄金比が崩壊《ほうかい》してしまったかのような、英梨々の、ちょっとだけど大きな変化だった。

けれど……

「ところで話は変わるけれど、澤村さん……」

「今度は何よ？　もうあたし、話すことなんか……」

「新パッケージ版の絵、いつ上がるの？」

「………」

けれど、そんなどこか楽しげな英梨々は……

まるで、もう一つの現実をどこかに置き忘れているのではないかというふうに、詩羽には見えた。

「確かに、絶対にやらなくちゃならないことじゃないかもしれない。けれどあなたからやるって言い出したことよね？」

「……わかってるわよ」

彼女たちのサークル『blessing software』が制作した同人ゲーム『cherry blessing～巡《めぐ》る恵《めぐ》みの物語～』は、この冬に、小さな伝説を作った。

冬コミにパッケージ版が間に合わず、一月後のショップ委託《いたく》にてようやく欲《ほ》しい人に十分行き渡《わた》るかと思われたそのソフトは、一〇〇〇本を即日《そくじつ》で売り切り、現在はその数倍のバックオーダーを抱《かか》えている。

そして『blessing software』は、その大ヒットを受けて、次回入荷分からパッケージのリニューアルを行う計画になっていた。

しかしそのリニューアルパッケージ版は、現在は〝諸般の事情《英梨々の不調》〟で、未《いま》だ入荷日が決まっていない。

「別に、男に溺《おぼ》れるなとは言わないわ。私もそういう経験あるもの、わからないでもない……」

「男に溺れてなんかいないしあんたの経験談も嘘《うそ》よねそれ！」

「でも、同人だろうと商業だろうと、仕事はきちんとこなしなさいよ。あなたクリエイターでしょう？」

「……まだ年末の風邪《かぜ》が治りきってないだけよ。本調子になったらすぐ……」

「もう、年が明けてから一か月以上も経つのに？」

「っ、あたし子供の頃《ころ》なんか一か月休むなんてザラだったもん！　入院だってしてたし！」

『今はもう子供じゃないわよね？』とか、『それこそ子供の言い訳よね』とか、『点滴《てんてき》うちながら仕事する作家なんて山ほどいるわよ』とか……詩羽にとって、英梨々を追い込む言葉なんか山ほどあった。

「……なら、さっさと治しなさい」

「そんなの、わかってるわよ」

それでも詩羽は、そんな穴だらけの英梨々の論理に爪《つめ》を立てるようなことはせず、ただ微妙《びみょう》な表情と態度で、彼女への疑惑《ぎわく》を保留した。

やはり詩羽は、英梨々の反応に、去年までとの明らかな違いを感じ取っていた。

今までの英梨々は、こんなに簡単に諦《あきら》めてしまうことなんかなかった。

何度も締《し》め切りギリギリの戦いを繰《く》り返し、けれどギリギリのギリギリで、なんとかギリギリに間に合わせた。

そしてもし、ほんのちょっと量や質が落ちて周囲に迷惑《めいわく》をかけてしまったとしても、全《すべ》てを自分の責任として受け入れ、言い訳なんかしなかった。

なのに、今年に入ってからの英梨々は……

『ううん、彼女の言う通り、今は病気で弱気になっているだけよ』

心の奥底から湧《わ》き上がる嫌《いや》な疑念を、詩羽は、今は無理やり胸の奥にしまい込む。

そして、本当はまったく信用していない英梨々の釈明《しゃくめい》を、全身全霊《ぜんれい》をもって信じ込む。

きっと、もうすぐ彼女は、元の柏木エリに戻るはずだと。

きっと、暖かい春になれば、その体調も回復するはずだと。

そう、春になれば。

自分が、この豊ケ崎《とよがさき》学園を卒業する頃には……

「ところで澤村さん、あなたさっきから何読んでるの？」

「『あの雪のプリズム～dear my old friend～』……麻里子ルートの幼《な》なじみ《じみ》スピンオフコミカライズよ」

「……そこに関してだけは本当にぶれないわねあなた」

ACT2　西風の気配

「マルズ？」

「ええ、大阪《おおさか》にあるゲーム会社の。いくら読書と年下の男の子以外に興味のない詩《しー》ちゃんでもさすがに知ってるわよね？」

「……私をそんな浮世《うきよ》離《ばな》れしたショタコンみたいに言わないでください」

二月　中旬《ちゆうじゆん》。

不死川《ふしかわ》書店の、いつもの第二会議室。

新作『純情ヘクトパスカル』の発売を数日後に控《ひか》え、サイン会の打ち合わせに赴《おもむ》いた詩《うた》羽《は》は、そこで担当編集にして、ファンタスティック文庫副編集長の町田《まちだ》苑子《そのこ》女史から、予想外の話を切り出された。


「マルズのゲームに『フィールズクロニクル』ってシリーズがあるの。いくら読書と一つ年下の同じサークルの男子以外に興味のない……」

「もうそれはいいから」

「で、そのゲームに参加して欲しいって」

「誰が？」

「マルズが」

「誰に？」

「霞詩子《かすみうたこ》先生に」

「…………」

「あ～、なんで話がウチ《不死川》に来たかっていうと、実は『フィールズクロニクル』シリーズって、元々一枚嚙《か》んでるのよ。ノベライズやムックも毎回出させてもらって、まぁ、そこそこ稼《かせ》がせてもらってて」

「そういうことが聞きたいんじゃないんですがわかってますよね？」

「……はい」

本当に、それは予想外の話だった。

大阪にあるコンシューマーゲーム会社のマルズは、詩羽どころか、ゲームをたしなむ人なら知らない人はいないというほどのメジャーなメーカーで。

さらに、そこの『フィールズクロニクル』というタイトルは、ＲＰＧをたしなむ人なら知らない人はいないというほどのメジャーなファンタジーＲＰＧシリーズで。

そんな、毎回数十万本を売り上げるＲＰＧと、毎巻十万冊を売り上げる作家というのは、まぁ売上的にはそこそこ釣《つ》り合わないでもないかもしれなかったけれど、でも……

「どうして『フィールズクロニクル』に私なんです？」

「……普通《ふつう》そう思うわよねぇ？」

かたやファンタジーRPG、かたや恋愛《れんあい》系ラノベ作家というその座組みは、素人《しろうと》ですら眉《まゆ》をひそめるほどの食い合わせの悪さを感じさせた。

「もしかして、キャラクターにフィーチャーしたノベライズの依頼《いらい》とかですか？　主人公パーティの日常風景を描《えが》いた癒《いや》し系《けい》みたいな感じの」

「ううん、そんなレベルの話だったら『請《う》けてもいいですが出るのはゲーム発売の一年後ですよ？』って悠々《ゆうゆう》と断れたんだけど……」

「そういう断り方は是非《ぜひ》やめてくださいね作家の評判にもかかわることですから」

「……最新作のメインシナリオ、やって欲しいって」

と、そこで町田は、一つ咳払《せきばら》いをして、今までの軽い態度を改めると……

「……はい？」

確かに軽い態度では済まないオファーの内容を、詩羽に告げた。

「今、ウチの上の方じゃお祭《まつ》り騒《さわ》ぎよ……」

「だから、どうしてそうなるんです？」

「何しろ『フィールズクロニクル』シリーズって、元々各社間の出版権争いが激しくってね、そんなドル箱タイトルに不死川の専属作家がゲーム本編に参加するとなれば、アドバンテージは果てしないもの」

「だからそういうことを聞いてるんじゃなくて……あとさり気なく私が不死川の専属になってるようですがどういうことでしょうか？」

「私と詩ちゃんの仲でしょ!?　同人のせいで締め切りブッチしても大目に見てあげたでしょ!?」

　そして町田は、重々しい態度に長時間耐《た》えられない限界をも露呈《ろてい》した。

「ただでさえ、私とファンタジーRPGって組み合わせが謎《なぞ》なのに、そのメインシナリオとか謎抜擢《ばってき》にも程《ほど》があると思うんですが」

「抜擢って言葉が使われるときは大抵《たいてい》が謎の人事よ。私の副編就任とかね」

「町田さんだって、私にそんなことできるはずないって思ってるでしょう？」

「…………」

「町田さん？」

　町田は、詩羽のその問いかけに、『くやしい、でも……』みたいな複雑な表情で、首をハッキリと横に振《ふ》る。

「私は、霞詩子の才能は、そんな狭《せま》いジャンルに留《とど》まるものじゃないって思ってる」

「っ……」

それは、普段《ふだん》なら『あ〜はいはい酔《よ》ってますね』と聞き流すくらいの過剰《かじょう》な社交辞令と受け取っていたかもしれなかったけれど……

「あなたの、努力家で研究熱心で、小説書きながら学年トップを維持《いじ》するとかいうムカつく本性《ほんしょう》を知っているから、『ファンタジーRPGのシナリオくらい朝飯前ですよ』って、上に言ってしまいそうになる」

「……やらせたいんですか？」

「そんな訳ないじゃない！」

「町田さん……」

けれど、こんな、褒《ほ》めても何も出ないどころか、自分たちの首を絞《し》めることにしかならない状況《じょうきょう》でそれを言われると、その信憑性《しんぴょうせい》と照れくささは相当のものがあり……

「私が見つけたのよ？　ずっと二人三脚《ににんさんきゃく》で頑張《がんば》ってきたのよ？　今さらそんな、第二部から唐突《とうとつ》に現れた新ボスみたいな奴《やつ》に美味《おい》しいところだけかっさらわれるなんて納得《なっとく》いく訳ないじゃない」

「いいから、もういいから」

だから詩羽は、頬《ほお》と瞳《ひとみ》を同時に赤く染めながら、いきなり興奮しだした町田をなだめるしかなかった。

「絶対やらせたくない。けれど、私の一存では潰《つぶ》せない……これは、そういうレベルの案件なの」

詩羽の表情を見て、少し後悔《こうかい》したように俯《うつむ》いた町田は、最後は消え入りそうな声とともに、大きな歯ぎしりの音を響《ひび》かせる。


「でも、やっぱり納得いきません。どうして私なんですか？」

「そんなの私にだってわからないわよ。だから一度先方に会って、直接理由を聞くしかないわね」

「けれど私は小説家ですよ？　どうして私にゲームのオファーが……っ⁉」

と、そこまで自分で疑問を呈《てい》しておいて、その前提を語った瞬間《しゅんかん》……

詩羽の脳裏《のうり》に、その裏にいる者の正体が、おぼろげながら浮《う》かび上がってくる。

「町田さん……私にオファーを出してきたのは、具体的には誰《だれ》ですか？」

「……同人のことも、商業のことも、何もかも、闇《やみ》も含《ふく》めて全《すべ》てを知り尽《つ》くしている、プ口中のゴロよ」

そう、一人だけいた。

詩羽のことを、ゲームシナリオライターでもあると知っていて、そして、その作品を高く評価してくれた人間が。

「紅坂《こうさか》、朱音《あかね》……」

「そう……知ってたのね」

知っていた訳ではなかった。

けれど、ヒントはそこら中に転がっていた。

波島《はしま》伊織《いおり》率いる『rouge en rouge』の初代代表にして、今でもサークルに強い影響《えいきょう》力を持ち。

つまり、結果的に自分たちの『blessing software』と敵対していて。

さらに、こちらがゲームを完成させる前から色々と横槍《よこやり》を入れていたかもしれない人物。

「じゃあ詩ちゃん……もしかして、これも知ってた？」

「今度は……何です？」

「あなたたちのサークル、シナリオライターだけじゃなく、イラストレーターもセットで狙《ねら》われてるわよ？」

「それって……っ」

けれど、最初に横槍を入れてきた去年の夏の時は、ターゲットは詩羽ではなくて……

「柏木《かしわぎ》エリにも、オファーを出したんですって……」

※　※　※

「そう、あんたにも声がかかってたんだ……」

「ということは、本当にそっちにも話が行ってたのね？　澤村《さわむら》さん」

場所は、学園からの帰り道にある、お馴染《なじ》みのログハウス風の喫茶店《きっさてん》。

時間は、放課後の午後四時。

そして日は、二月下旬《げじゅん》の、ある平日。

「うん……こっちは、マルズの開発本部長の種本《たねもと》って人からだったけど……ウィキに『フィールズクロニクルのシリーズ統括《とうかつ》』って書いてあったから、とりあえず詐欺《さぎ》じゃなさそうだなって」

そんな、普段ならサークル活動に勤《いそ》しむか、さっさと家に帰って〝仕事〟に励《はげ》んでいるはずの忙《いそが》しい時間帯に、お互《たが》い、天敵と認め合っている相手と二人きりで顔を突《つ》き合わせているのは、サークル『blessing software』の中でも特に協調性に欠ける二人……澤村・スペンサー・英梨々《えりり》と霞ヶ丘《かすみがおか》詩羽だった。

……ていうか元々この中編ってこの二人がメインなんだからいちいちこういうめんどくさい小説的人物紹介《しょうかい》ってもうこの先いいよね？

「それで澤村さん……あなた、返事はしたの？」

「まだ」

「そう……」

詩羽からの珍《めずら》しい電話での誘《さそ》いに英梨々が珍しく乗ったのは、詩羽の卒業を数日後に控《ひか》え、お互い今までのわだかまりを捨てて素直《すなお》に仲直りして『卒業してもズッ友だょ』などと誓《ちか》い合うためでは、もちろんない。

ただ、詩羽には英梨々に確かめなければならないことがあったから。

そして英梨々には、詩羽に確かめられる心当たりがあったから。

「だってあたし、今まで女の子しか描《か》いてないし、しかも一八禁だし……それが急に『フィールズクロニクル』のキャラデザなんて言われたって……」

「そうかしら？　あのゲームの一番の売りはキャラクターだし、柏木エリを選択《せんたく》するのは間違《まちが》いじゃないとは思うけれど……まぁ、実力云々《うんぬん》は置くとして」

「そうね、実力云々は置いとかないと、どうして霞詩子に声がかかったのかが全然、まったく、これっぽっちも理解できないし！」

けれどその心当たりというのは、お互いの実力云々のことについてではなくて……

「でも、あんたに聞いてやっと理解した……そっか、黒幕は紅坂朱音だったのね」

そう、二人同時に『フィールズクロニクル』のスタッフに大抜擢された件について情報交換《こうかん》するためだった。


「それで澤村さん……あなた、どうするつもり？　請《う》けるの？　断るの？」

「どうするつもりって……まさかあんた、迷ってるの？」

「……そう」

英梨々の反応は、詩羽にとっては大方予想通りだった。

きょとんと目を見開き、そんなことを聞かれることこそがさも意外だというように、詩羽を見つめている。

その瞳に映るのは、軽い驚《おどろ》きと、少しの呆《あき》れと、わずかな非難。

どうやら英梨々にとっては、その、『大作ＲＰＧのメインスタッフ』という破格の待遇《たいぐう》のオファーについて、請けるという選択肢《せんたくし》は最初から存在していないもののようだった。

ただ、相手の誠意ある申し出に対して、『どうやって断ったら角が立たないか』について悩《なや》んでいるだけのようで。

そんな英梨々の反応を見て詩羽の胸に去来するのは、軽い安心と、少しの苦笑《くしょう》と……

「ま、まぁ、霞ヶ丘詩羽が迷うのもしょうがないか……何しろもう卒業だし、なのにお目当ての男はあた……他《ほか》のコにかまけてて振り向いてくれる目もないし、これからは仕事一本で、ずっと独身で、『男なんて～！』ってみっともなく一人で飲み屋で管巻いてる人生を選んでも不思議じゃないわよね」

「どうしてそう自分に都合のいいフィルターをナチュラルにかけられるのあなたは」

そして、わずかな不満。

「なるほどぉ、そっちは不死川書店が絡《から》んでるんだ」

「一応、デビューからお世話になってる会社だしね」

「そっか、それはちょっと厄介《やっかい》ね……」

詩羽の（男関係ではない）事情を知った英梨々は、彼女にしては珍しく、怨敵《詩羽》を気遣《きづか》う態度を見せた。

「まぁ、別に強制されてるのは会うところまでだから、それほどでも……」

「でもさ、直接会っちゃうとヤバくない？　最初は断るつもりだったのに、なんかトイレに行ってる隙《すき》に飲み物に変な薬を混ぜられて、途中《とちゅう》から頭がぼうっとしてきて、気づいたらホテルの部屋で挿入《そうにゅう》寸前になってて『え？　ちょっと待って！　生はやめてぇっ⁉』って驚く羽目になったりとか……」

「どうして話がいつの間にかあなたの一八禁同人誌のストーリー構成についての議論になっているのよ？」

「ま、それはともかく、条件の話とかされたら気が変わっちゃったりしない？」

「でも私、そんなにお金には困ってないし……まぁ、あなたほどではないけれど」

「お金はともかく、企画《きかく》内容が良さそうだったり、いいキャリアになりそうだったり、他のスタッフが凄《すご》いメンバーだったりしたらさぁ……」

「キャラデザの第一候補が柏木エリって時点で、スタッフ構成もたかが知れてるし」

「っ、あ、あたしもシナリオの第一候補が霞詩子だったから断ったんだけどねっ！」

ちなみに英梨々がシナリオの候補者を知ったのはほんの一〇分前である。

「でも、まぁ、キャリアってのは確かに魅力《みりょく》よね」

「紅坂朱音の部品としての、だけどね」

「……そうかもね」

オタク業界で仕事をしている二人には、紅坂朱音の名前と実績と実力などというものは今まで嫌《いや》というほど耳に入っていた。

それはもちろん、正の面でも、そして負の面でも。

曰《いわ》く、彼女自身の光が強すぎて、パートナーや部下を影《かげ》に追いやってしまう。

曰く、作品の質だけでなく、プロモーションにも容赦《ようしゃ》なく口も金も出し、自分の作品を売るためなら一切《いっさい》の妥協《だきょう》をしない。

曰く、求めるレベルが高すぎて、トラブルの末に彼女の元を去ったり、壊《こわ》れてしまうクリエイターが後を絶たない。

「……あたし同席しようか？」

「澤村さんが？」

「うん、で、一緒《いっしょ》に断ればいいんじゃないかな？」

そういう人間が後ろで糸を引いている以上、一人で打ち合わせに赴《おもむ》き、毅然《きぜん》と断ったところで『はいそうですか』なんて簡単に収まるはずがないと危惧《きぐ》するのは、ある意味当然のことかもしれなかった。

「でも、いくら同じサークルとはいえ、澤村さんとは別口で声がかかってるし」

「でも明らかに、向こうはこっちのサークルを狙い撃《う》ちに来てるじゃない」

「だとしたら、本当は倫理君《りんり》に同席してもらうべきかもしれないわね」

「と、倫也《ともや》に？」

「だって、サークル代表なのだから、彼に相談するのは当然の流れでしょう？」

「そ、それは、そうかもしれないけど……」

「難航する交渉《こうしょう》。次々と好条件を打ち出し攻勢《こうせい》をかけるマルズ側。そしてとうとう、私が〝諦《あきら》めて〟承諾《しょうだく》しようとしたとき、彼は突然《とつぜん》立ち上がり、こう切り出した……」

『詩羽先輩《せんぱい》……俺、今まで逃《に》げてました。

ずっとこの関係が続けばいいだなんて傲慢《ごうまん》なこと考えてました。

でも、先輩が俺の元からいなくなってしまうかもしれない今、やっと気づいたんだ。

……俺には、あなたしか……っ！』

「あるかぁぁぁぁぁ～！」

「ないって言える？　一〇〇％絶対にあり得ない展開だって断言できるかしら？」

光速で襲《おそ》い来るツインテビンタに両頬《ほお》を容赦なく叩《たた》かれても、詩羽はまったく発音を変えることもなく英梨々のツッコミを封殺《ふうさつ》する。

「できるもんっ！　だって一緒に行くのはあたしだし！　倫也じゃないんだしっ！」

「けれど、あなたが行く意味は……」

「今余計な心配かけたらあいつ倒《たお》れちゃうでしょ！　そうでなくても恵《めぐみ》が最近サークル来なくて悩んでるってのに！」

「……まぁ、ね」

『倫理君が悩んでいるのは、加藤《かとう》さんのことだけではないと思うのだけれど？』

と、突っ込みたいのをぐっと我慢《がまん》して、詩羽は英梨々の方に向き直る。

「とにかく、あんたにはあたしが付き添《そ》うから！　妙《みょう》なことにならないようにしっかりガードしてあげるから安心なさい！」

「だから別に、そんなに心配してくれなくても」

「あんたがいなくなったって、あたしは痛《いた》くも痒《かゆ》くもないけど、倫也が困るでしょ！」

「けれど……」

詩羽にしてみれば、一人で会う方がよっぽど気楽だった。

自分一人だけなら、相手がどんな条件を持ち出してこようが、自分一人の判断で、その時の最善の答えを導き出せる自信があった。

だけど、英梨々は……

実力はピカイチだけれど、自分の能力を制御《せいぎょ》しきれなくて、向上心があるようでなくて、たった一人の男子にその才能を左右されるくらいに依存《いぞん》してしまっている、弱いクリエイターの彼女は……

「確か、今週の土曜だったわよね？　場所どこ？　不死川書店の会議室ならあたし一度行ったことあるけど」

「澤村さん……」

だから詩羽は、英梨々の同行を拒否《きよひ》するべきだった。

二人そろってオファーを断るなら、詩羽一人で押し切った方がよっぽど楽なはずだった。

しかし……

「ついてくるのは構わないけれど、新パッケージ版の絵、上がった？」

「いいいい一日くらい外出したところでそんなに変わらないわよっ！」

「……そう」

詩羽は、最後の最後で迷ってしまった。

自分の強さに自信が持てなかったのではない。

ただ、英梨々の現状に、選択に、将来に、自信が持てなかったから。

ACT3　神の、本気の気まぐれ

「ほら、こっちよ澤村《さわむら》さん。ここの最上階ですって」

「へぇ、これはまた……」

二月下旬《げじゅん》、最終週の土曜日の昼下がり。

いつも休日は（どこかの男に呼び出されない限り）家に引きこもってばかりのインドア派女子高生の二人は、今日は珍《めずら》しく外で顔を突《つ》き合わせていた。

「そこの最上階の和食屋らしいんだけど。マルズで取ってあるから勝手に来てくれって」

「へぇぇぇ、それはそれは……」

「いやに持って回った言い方ね？」

「だぁって、相手が攻《せ》めてきてるのがガンガン伝わってくるじゃない」

「そうなの？」

二人が立っている場所は、都内のホテルのロビー。

「ここの最上階の和食店って、つまり御影亭《みかげてぃ》よね？　ランチだけで万超《ご》えするのに数か月先まで予約で一杯《いっぱい》の人気店よ？」

ことがあるし」

「パパが本国の来賓《らいひん》をもてなすときによく使うお店よ。子供の頃《ころ》は何回か連れてこられた
しかも英梨々《えりり》の言葉通り、まぁ『古今東西・日本の高級ホテル』をやれば五番目以内に
は名前が出てくるくらいの、『でもお高いんでしょう？』なところだった。

「詳《くわ》しいわね」

「ま、普段《ふだん》はジャンクフードばっかりの霞ヶ丘詩羽《かすみがおかうたは》にはわからないかもしれないけどね」

「……あなただって普段はペットボトルの紅茶にフレンチフライポテトじゃないのこのエ
セイギリス人」

「フレンチフライじゃなくてチップスって呼びなさいよ！　それがイギリス流よ！」

「怒《おこ》るところってそこ？　そこなの？」

お互《たが》い金持ちのはずなのに、変に庶民《しょみん》的な会話に勤《いそ》しみながら、二人は無意味に天井《てんじょう》の
高いエレベーターに乗り込み、最上階のボタンを押す。

マルズのスタッフが待つはずの、その場所へと。

「で、あんたの担当編集は？」

「今日は欠席ですって。というか、クライアント以外は私とあなただけ」

「つまり先方は、なりふり構わないってことね」

「……かもね」

不死川《ふしかわ》からは、町田《まちだ》どころか誰《だれ》も同席しないとの旨《むね》を伝えられたのは昨日。

それも、町田本人の口からではなく、編集長直々の電話だった。

その電話を受けたときに、当然詩羽の方も、英梨々が想像したような政治的な駆《か》け引きにすぐに感づいた。

「女子高生の一人や二人、簡単に懐柔《かいじゅう》できるって思ってるのよ。舐《な》めてくれるじゃない……これから一緒に仕事しようってのに、気に入らないわね」

「どうせ断るんだったら気に入っても気まずいだけじゃないかしら？」

「どうやって叩き潰《つぶ》してやろうか……そうだ、まずは料理にケチつけるところから始めようか。『あら、このフォアグラ昔に比べて味が落ちたわね。輸入モノかしら？』とか」

「見栄《みえ》張らないの。フォアグラと砂肝《すなぎも》の区別もつかないくせに」

「砂肝くらいわかるわよ！　ほらあれ！　歯ごたえがジョギジョギってしてるやつでしょっ！」

「普通《ふつう》のブルジョワはそんな妙な擬音《ぎおん》使わないから」

そもそもフォアグラはフレンチ用の食材の上、輸入品の方が本場モノだということは、詩羽は言わないであげておいた。

※　※　※

「どうぞ、お足元お気を付けください……」

店内に入ると、そこにはビルの館内とは思えないほどの広い庭園が広がっていた。川が流れ、橋が架《か》かり、鯉《こい》が泳ぎ、鹿威《ししおど》しが鳴り、けれどしっかり暖房《だんぼう》は効いていて胡《う》散臭《さんくさ》さを醸《かも》し出す。

……などという詩羽の感想は、これから出会う相手のイメージに引きずられた穿《うが》った見方なのかもしれなかったけれど。

「こちらになります……もう御《お》一方《ひとかた》はお見えになられていますので」

長々と廊下《ろうか》を歩かされ、ようやくたどり着いた一番奥の個室の前。

詩羽と英梨々は、なんとなくお互い顔を見合わせると、なんとなく頷《うなず》き合い、ほぼ同時にその座敷《ざしき》へと入っていく。

「あ、先に始めてたから」

「…………」

「…………」

と、そこには、なんとなく彼女たちが想像していたものとは違《ちが》った光景が繰《く》り広げられていた。

料理はすでに並べられていて……いや、それどころか、先客の分はすでにほとんど食い散らかされているというのが正しいほどの惨憺《さんたん》たる有様で。

テーブルの真ん中に置かれた一升瓶《いっしょうびん》は、すでにほぼ空になっていて。

そして、多分そんな状態をたった一人で作り出した元凶《げんきょう》の人は、堂々と上座に一人で鎮《ちん》座《ざ》して、今もコップ酒で料理を貪《むさぼ》っている。

「ほら座んなさいよ、食べて食べて。今日は無礼講だから」

「……というにしても、もう少し礼節というものがあるのではないでしょうか紅坂《こうさか》さん」

「え！　これが紅坂朱音《あかね》？　嘘《うそ》っ⁉」

見た目は三〇前後。

背は低めで、スレンダー。

長い髪《かみ》を後ろで結び、ちょっと中性的な雰囲気《ふんいき》を……というか、今の立ち振《ふ》る舞《ま》いは完全におっさんのそれだった。

「いいじゃないめんどくさい。どうせ今日は私たち三人しかいないんだし」

「けれど、マルズとの打ち合わせだと聞いていたんですけど……」

「あいつらなんて、いたって面倒《めんどう》なだけよ。どうせ私が決めたことをひっくり返すなんてできやしないんだもの」

「ね、ねぇ、霞ヶ丘詩羽……」

「なによ」

「本気で、これが〝あの〟紅坂朱音なの……？」

「私に聞かないでよ……」

詩羽も英梨々も、人に対しての失礼な行いには少々自信があったけれど、そんなプライド（？）など、いきなり根元からぽきりと折られてしまうほどの立ち振る舞いだった。

まぁ、それによって、この交渉《こうしょう》で優位に立てるかについては甚《はなは》だ疑問なアドバンテージだったけれど。


「久しぶりね、霞《かすみ》センセ。あんたも一杯やる？」

「一体、どういうつもりなんですか？」

「ん〜？」

いきなり高校生に酒を勧《すす》めてくる朱音を遮《さえぎ》り、詩羽は席に着くこともなく、その失礼な

中年女性を見下ろして冷たい声を振り絞《しぼ》る。

「私が今日ここに来たのは、マルズがどうしてもということで不死川書店に頭を下げられて、本当は嫌《いや》だったのに皆《みな》さんの顔を潰すのも忍《しの》びないので渋々《しぶしぶ》従ったからなんです」

「酷《ひど》い搦《から》め手よね～。大人って汚《きたな》いって思ったでしょ？」

「……ええ、今まさにそう思っているところです。今後も今のような態度を取られるようでは、お話を伺《うかが》う前に帰らせていただくこともあるかと思いますが」

「まぁまぁ、少しくらい勘弁《かんべん》してよ。何しろこの一週間、お酒もご飯も摂取《せっしゅ》してなかったんだからさ」

「は？　何を……」

「あなたたちが今日しか時間取れないって聞いたからね……今朝、やっと上がったわ」

と、朱音は自分の鞄《かばん》から大きめの封筒《ふうとう》を取り出し、机の上に投げ出した。

と、どすっという重い音が、その封筒の中身の分量を伝えてくる。

「これは……？」

「三〇分で読んで。その間にもう少し栄養補給してるから」

「ちょっと、あたしたちはそういう話をしに来たんじゃ……」

明らかに開発資料っぽい体裁《ていさい》の書類を前に、詩羽と英梨々は困惑《こんわく》したように顔を見合わせる。

けれど朱音の方は、そんな二人の反応にはまったく付き合う気もないようで、仲居を呼んで酒と料理の追加注文を済ませると、煙草《たばこ》に火をつけて完全に休憩《きゅうけい》モードに入っていた。

「ちょっと……どうすんのよ？」

「どうするも何も……ここで帰るわけにも」

完全に毒気を抜《ぬ》かれた二人は、目の前の傍若無人《ぼうじゃくぶじん》な輩《やから》を眺《なが》めながらも、仕方なしという趣《おもむき》でやっと席に着く。

いや、確かに仕方なしと思っていたかもしれなかったけれど、そこにもう一つの感情がなかったと言い切ることはできなかったかもしれない。

何しろ、彼女たちの目の前にあるのは……

『フィールズ・クロニクル最新作（仮）企画書《きかくしょ》（第一版）二〇××／〇二　紅坂朱音』

間違いなく、プロの仕事の結晶《けっしょう》なのだから。

「意見があったら遠慮《えんりょ》なくどうぞ。まぁ箸《はし》にも棒にも掛《か》かんないレベルのモノは容赦《ようしゃ》なく叩《たた》き潰すけど」

「ちょっと！　あたしたちはまだ見るなんて……って、なに開けてんのよ霞ヶ丘詩羽っ！」

いつの間にか、詩羽によって開封された封筒の中からは、予想通りの分厚い紙束が溢《あふ》れ出てくる。

「え、見ないの澤村さん？」

「でも、見ちゃったらさぁ」

「……見たくないの？」

「………………」

その書類を前に、相変わらず戸惑《とまど》いの色を隠《かく》せない二人は、けれど彼女たちの〝性《さが》〟により、やがて震《ふる》える手でそのページをめくる。

最初のページからしばらくは、イメージボードのイラストが描《えが》き連ねられていた。

一枚の絵に、その世界の果てしない広がりと高さと奥行きを感じ。

一枚の絵に、その世界に満ち溢れた全《すべ》ての色彩《しきさい》を感じ。

一枚の絵に、その世界に住まう人々の生活の息吹《いぶき》を感じ。

「………………」

「………………」

ただ無言で、ページをめくる。

いや、英梨々はいつの間にか紙束を留めてあったクリップを外し、部屋じゅうにイラストを並べ始めた。

そして、一枚一枚を立ったまま眺めたり、床《ゆか》に這《は》いつくばるようにして凝視《ぎょうし》したり、灯《あか》りに透《す》かして眺めたりした。

詩羽は、文字に起こされた設定を細かく読み下しつつ、イライラした態度で貧乏《びんぼう》ゆすりを始め、忙《せわ》しなく髪を弄《いじ》り、細かい感想を呟《つぶや》き始める。

もう、そこにいるのは、失礼なクライアントに怒《いか》りを覚えるゲストではなく、美味《おい》しそうな餌《えさ》を与《あた》えられて涎《よだれ》を垂らしている、幸せなクリエイターでしかなかった。

※　※　※

「それで、意見は？」

いつの間にか、朱音の指定した三〇分はとっくに過ぎていた。

「…………」

「…………」

言いたいことは山ほどあった。

けれど、読み終わった後、二人ともそれを口にしていいものか躊躇《ためら》っていた。

こんなとんでもないレベルの企画に、自分たちが意見を出していいのかという迷い。

そして、意見を言ってしまった以上、もうこの企画に興味を持っていることを悟《さと》られてしまうという恐《おそ》れ。

「これを私たちに見せて……どうしようって言うんですか？」

だから詩羽が、絞り出すようにやっと言えたのは、そんなどうでもいい時間稼《かせ》ぎでしかなくて。

「死になさい」

「なっ⁉」

だから朱音は、そんな詩羽の逃《に》げを許さず、追い込みにかかる。

「これが、あなたたちが殉《じゅん》ずるべき作品よ……これから一年、この作品のことを考え続け、この作品のために生き、この作品の完成に命を捧《ささ》げなさい」

「何言ってんのよいきなり！」

英梨々の怒号《どごう》も、どこか今までの迫力《はくりょく》に欠ける。

何故《なぜ》なら、わかってしまっていたから。

この企画が、この作品が……

あの紅坂朱音をして、ここまでぶち上げるほどのポテンシャルを持っていることを。

「柏木《かしわぎ》エリ」

「っ……」

初めて、紅坂朱音が英梨々の方を向き、その視線をぶつけてきた。

その目は、単なる酔《よ》っ払《ぱら》いの女というには強く鋭《するど》く激しすぎて、いっきに飲み込まれてしまいそうなほどの迫力に満ちていて。

「『cherry blessing』の最終シナリオで、今までと全然タッチの違う七枚あったでしょ？ 今回のキャラクターはあの路線で行くわよ」

「え……」

紅坂朱音が自分たちのゲームをプレイしていたらしいことは、詩羽から聞いていた。

けれど、社交辞令のために表層をなぞっただけなのではという疑念を拭《ぬぐ》い去れずにいた。

「もう一度、〝あの時〟と同じように命を燃やしなさい……それができなきゃ、来てもらう意味がない」

「だから、行くなんて言ってないじゃない！」

まさか、こんな深い境地まで見透《みす》かされているなんて思いもしなかった。

「でも、あの絵が描《か》けてしまった以上、あなたはもうあのサークルにいてはならない存在になったわよ?」

「え……?」

「このままじゃ、いずれサークルの代表もあなたの才能を持て余す。あなたの求めるレベルは、どんどん彼らの実力と乖離《かいり》していって、お互《たが》いに傷つくようになり、やがて……」

「そんなことないもんっ!」

本当に、思いもしなかった。

あの紅坂朱音が、『blessing software』と柏木エリの抱《かか》える問題を、こんな深淵《しんえん》まで覗《のぞ》き込んでいたなんて。

「で、今の柏木エリに辛《かろ》うじてついてこれるかもしれないのが、あなたよ、霞詩子《うたこ》」

「な……」

「あなたには、彼女の力を引き出す触媒《しょくばい》としての役割を期待してる。それに、伸《の》び盛《ざか》りの絵描きはただでさえ心を壊《こわ》しやすいから、旧知のあなたにサポートして欲しい」

そのとき詩羽は、英梨々以上の衝撃《しょうげき》に……

いや、屈辱《くつじょく》に全身を支配された。

「私は……澤村さんの付き人……?」

「『cherry blessing』のシナリオに感動したのは本当よ。けれど、柏木エリが来ないのなら、別にあなたにだけ固執《こしつ》する理由はない」

「っ……」

詩羽は、柏木エリのファンだった。

彼女の描く絵が、女の子の可愛《かわい》さが、華《はな》やかさが、誰《だれ》よりも好きだという自負があった。

けれど、自分の価値を柏木エリによって否定されることを、望んでいたはずはなかった。

「か、霞ヶ丘、詩羽……？」

「…………」

唇《くちびる》をわなわな震わせている詩羽を、英梨々が怯《おび》えたような瞳《ひとみ》で見上げる。

それがわかっているのに、今の詩羽は、そのネガティブな態度を改めることができない。

だって、クリエイターなら、格下と言われて黙《だま》っていられるはずがないから。

「あ、あたし請《う》けないわよ……」

怯えたままの英梨々は、詩羽を見つめたまま、その言葉を絞《しぼ》り出した。

「だから、他《ほか》のイラストレーターを捜《さが》してよ……」

だから英梨々のその拒絶《きょぜつ》が誰のためのものか、その場にいる人間ですらわからなかった。

「あっそ。あなたが請けないのなら、この企画書は今ここで焼き捨てるけどね」

「……それ、脅迫《きょうはく》？」

「まさか。でも、最初から柏木エリの絵を前提に作った企画だからね。期待値以上のものが出来上がらないってわかってるのに、やる意味はない」

それを知ってか知らずか、朱音はまるで残念そうな表情を浮《う》かべず、それどころか妙《みょう》な笑《え》みを浮かべながら、素《す》っ頓狂《とんきょう》なことを言い出す。

「……そんな簡単に捨てていいものじゃないでしょ？　これにどれだけのエネルギー注いでるか、あたしにだってわかるわよ！」

「エネルギーの無駄遣《むだづか》いなんて、この仕事やってる限り、いっくらでもある話よ～」

などと言い放ちつつ、朱音は、その無駄遣いしたかもしれないエネルギーを補充《ほじゅう》すべく、追加した料理を、その価格に相応《ふさわ》しくない作法で下品に食い散らかす。

「私は、自分が一〇〇パーセント楽しめる作品を作りたいの。そのためなら多少の犠牲《ぎせい》は、まぁ、ね？」

「そうやって、幾多《いくた》のクリエイターを引き抜《ぬ》いて、プレッシャーをかけて、潰《つぶ》すのね？あなたは……」

朱音に見いだされ、スターダムを駆《か》け上がったクリエイターは枚挙にいとまがない。

けれど詩羽が指摘《してき》する通り、朱音に見いだされながらも、その期待に応《こた》えることができずに潰れて行ったクリエイターは、知られているだけでも成功者の数倍はいる。

だから詩羽や英梨々がそっちに回る可能性は、当然すぎるほどに高い訳で。

「本気で戦って、そのせいで壊れたんなら、一生面倒《めんどう》見るわよ？　ウチの事務所って、そういう人間を養うための会社だしね」

「そんなのが、クリエイターにとっての幸せだと言えるのかしら……？」

「そんなのは自分たち一人一人で考える問題ね。作品作りを生活の糧《かて》と捉《とら》えているならば私の元になんて来るべきじゃない。けれど、作品で自分の野望を叶《かな》えるのが目的なら、勝つために壊れるまで全力を絞り出すのは当然のことでしょう？」

「～っ」

怖《こわ》かった。

気持ち悪かった。

あまりにも人間臭《くさ》くて、まるで人間らしさを感じなかった。

「あ、あたしは……そんなの無理」

「澤村さん……」

だからやっぱり、一番最初に折れてしまうのは、この場で一番弱い少女《えりり》だった。

「そりゃ、この企画は凄《すご》いけど、とっても興味あるけど……でも、今のあたしには、こんなプレッシャーには耐《た》えられない」

「別に、そんな高いレベル求めてる訳じゃないんだけどね。ただ、あなたが那須《なす》……いえ、あのゲームの終盤《しゅうばん》で描いた絵のレベルさえキープしてくれたら……」

「無理なの！　描けないの！」

あの冬の、自分をボロボロになるまで追い込んでやっと辿《たど》り着いた境地を『そんなに高いレベルじゃない』と言い捨てられたことにも気づかず、英梨々は半泣きで叫《さけ》んだ。

「なに？　どしたの？　ちょっとしたスランプ？」

「ちょっとじゃない！　限界なの！　もう二度とあんなの描けないの！」

「澤村さん、それは……」

その瞬間《しゅんかん》、詩羽は、英梨々をたしなめるような口調でその言葉を遮《さえぎ》ろうとした。

どれだけ英梨々の味方であろうとしても、今の発言だけは擁護《ようご》したくはなかったから。

英梨々に、自分の限界を易々《やすやす》と決めて欲しくなかったから。

けれど……

「あっはははははははははははははははははは
はははははははははははははははははははは

はははははははははははははははははははなめてんじゃね～よこのヘタクソ！」

「なっ⁉」

その、詩羽の求める叱咤《しった》を瞬時にやってみせたのは、目の前の怨敵《おんてき》の方だった。

「お前、まだ全然伸びかけじゃね～か！　たった一回変身しただけでもうスランプだとか言ってんのか？　絵描きナメてんのか？」

詩羽ですら唖然《あぜん》とするほどの口汚《くちぎた》ないそれは、まるで男の言葉のようで。

「本当はな！　こっちゃ、あと二つくらいレベル上がった絵を期待してんだよ！　けどそれをぐっと飲み込んで、今のレベルでいいよ～って下手に出てみりゃつけあがりやがって！」

そして、そのクリエイターに求めるレベルの高さと身勝手な言い分は……

「そんなのスランプでもなんでもね～よ！　ヘタクソなんだよ！　安定して上手《うま》く描けないだけなんだよ！　腕《うで》が追いついてないだけなんだよ！」

それはまるで、どこかの誰かを彷彿《ほうふつ》とさせる懐《なつ》かしさで。

「なのに、一度描けちまったもんだから目だけがやたら肥えて、自分の絵はコレジャナイ～コレジャナイ～って……ま、恥《はじ》を知っただけでもちょっとは進化したじゃん。あはははははははははははははははははははははははは〜」

いや、いくらその〝誰か〟でも、ここまで罵詈雑言《ばりぞうごん》を浴びせたりはしなかったけれど。

「やめて……やめてよ……っ」

「いい加減にしなさいよ紅坂さん……っ」

あまりにどこかで聞いたような罵詈雑言に、完全に取り乱した英梨々が頭を抱えて俯《うつむ》く。

そして、そんな英梨々を全身で庇《かば》うように抱《だ》き寄せ、唇をわなわな震《ふる》わせながら詩羽が睨《にら》みつける。

けれどもちろん、そんな女子高生二人の感情なんか、目の前の化け物クリエイターを貫《つらぬ》くことなどできるはずもなくて……

「いや、だって柏木エリの絵ってこうでしょ？　確かこんな感じだったわよねぇ？」

やっと、ほんの少し女言葉を取り戻《もど》した朱音が、鞄《かばん》の中からもう一つの紙束を取り出し、二人に投げてよこす。

「……何、これ？」

「あ、あ、あ……」

その紙束は、二人を、混乱と絶望と……

そして、悦楽《えつらく》の渦《うず》へと叩《たた》きこんだ。

『cherry blessing～巡《めぐ》る恵《めぐ》みの物語～Prologue　紅坂朱音』

その、一〇〇枚を超《こ》える紙の束は、同人原稿《げんこう》だった。

間違《まちが》いなく、プロである紅坂朱音の手による漫画《まんが》作品だったけれど、それでも、間違いなく同人だった。

「だから、あなたたちの作品に感動したんだって。まだ信じてないわけ霞センセ？」

「けれど、けれど、これは……」

それは、『cherry blessing』の二次創作。

倫也《ともや》が企画《きかく》し、詩羽がシナリオを書き、英梨々が原画を描《か》いたゲーム作品からインスピレーションを受けた……いや、ほぼそのままを描き下ろした漫画作品。

つまり、同人コミカライズ、だった。

「何、やってるんですか、あなたは……っ」

「え～？　あなたたちだってやってるでしょ？　私、柏木センセの『あの雪のプリズム』本とか持ってるわよ？」

「そういうレベルの話じゃないでしょうこれ……！」

そう、その原稿は色々な意味でレベルがおかしかった。

同人作品の二次創作なんて、普通《ふつう》はあり得ない。

あるとしても、それは商業作品をしのぐ〝伝説〟を作り上げた作品だけで、今現在の『blessing software』の作品を取り上げる酔狂《すいきょう》な同人作家なんかいるはずがない。

そして、その酔狂に全力を傾《かたむ》けたのが、商業の世界で女王に君臨している紅坂朱音だというのがまたあり得ない。

「ちょっと……どれだけ手間かけてんのよこれ……」

「えっと、正月三が日だけは休みもらったから、そこでネームだけ上げて、後は仕事の合間にチマチマと」

少しでもオタク趣味《しゅみ》を持つ者なら、誰《だれ》もが紅坂朱音の仕事量を知っている。

趣味の同人を、それも、即売会《そくばいかい》ですら売れない、ただ数人に見せるためだけの原稿を描く時間なんて存在しないし、存在することを許されるはずがない。

「今の柏木エリの絵柄《えがら》をコミックに落とすのは結構めんどくさかったけどね……昔の絵柄だったらあっという間に真似《まね》できたのに」

そして極《きわ》めつけは、その同人原稿の質で。

同人にありがちな鉛筆《えんぴつ》ラフもない、全《すべ》てのページにペンが入り、巻頭四ページなんかカラーで、背景までまったく手を抜いた形跡《けいせき》がない、完パケの紅坂朱音で。

そして厄介《やっかい》なことに、それはまさしく『cherry blessing』だった。

絵も、物語も、きっちりとコミックに落とし込んで、新しい作品世界を構築している。

そう、絵も……

「柏木センセ、どう？　あんたの絵ってこんな感じよね？」

「……っ」

それは確かに、コミックに落とすために、元の英梨々の絵をアレンジしていた。

けれど間違いなく、それは英梨々の、あの時の全力から派生したものだった。

デザインも、タッチも、処理も、少しだけ簡略化してあるけれど、明らかに英梨々のテクニックをフォローしていた。

そして何より、その絵がオリジナルに並び立つ本当の理由に、英梨々は気づいてしまった。

「私にも描けるんだから……あんたも当然、このくらい描けるわよね？」

「あ、ぁ……」

「澤村さん……っ」

認めたくないのに、認めてはいけないのに、認めざるを得なかった。

〝魂《たましい》〟が、似ている……

最低のキ○ガイ女が、片手間で、ただ酔狂で作った作品なのに。

天才が、その能力を総動員して、ただ酔狂で作った作品だからこそ。

「あ、あ、あ……ああああああああああああああああ～～～っ！」

ACT4　嵐《あらし》の後の静けさ

「……ねぇ、澤村《さわむら》さん」

「何よ」

「いつまでここにいるつもり？　もう日が暮れるわよ」

「うっさいわね……そんなに嫌《いや》だったら、あんただけ先に帰ればいいじゃない」

「この前、大風邪《かぜ》ひいたばかりでしょ、あなた」

「ほんと、うっさいわねぇ……」

マルズとの打ち合わせ……というより、紅坂朱音《こうさかあかね》との対決は、あっさり終わった。

スケジュールやギャラ等の契約《けいやく》関係の話は一切《いっさい》なく、ただ酔《よ》っ払《ぱら》いの戯言《たわごと》を延々と聞かされただけの二時間は、けれど二人の間に、それこそ極上の酒に酔ったような酩酊《めいてい》感をもたらした。

だから二人は、その場を離《はな》れた後も、なんとなく一人に戻ることができず、今はこうして、酔い覚ましにお台場《だいば》の海を見ていた。

「……やんないわよ、あたし」

「何を？」

もちろん詩羽《うたは》には、英梨々《えりり》の意思表示が何を指しているのかわかっていた。

「あんな身勝手な女の下でなんかで、伸《の》び伸び絵が描《か》けるわけないじゃない」

それがわかっているからこそ、英梨々も詩羽の問いかけに応《こた》えない。

「だいたい、あたし自慢《じまん》じゃないけど協調性ないし」

「それは本当に自慢ではないし、しかも厳然たる事実よね」

「あんただって似たようなもんでしょ」

「そうね……」

柵《さく》に手をかけて海を見続ける英梨々から視線をそらし、詩羽は柵に背中を預け、目の前のアクア〇ティお台場を見上げる。

今は四階のノ〇タミナショップで先行上映会でもやっている頃《ころ》だろうか。

「だいたいこっちは四月から高三だってのに、その一年間を捧《ささ》げろって頭おかしいわよ。人に浪人《ろうにん》しろって言うつもり？」

「今でさえ、まったく受験の準備なんかしてないように見えるけど？　あなた本当に進学する気あるの？」

「う、うるさいわね。それに、今のあたしは……」

「描けないって？」

「……………」

「私は、そのことに関してだけは紅坂朱音の意見に賛成なんだけどね……いえ、賛成したい、と言った方が正確かも」

「なんであんな奴《やつ》の肩《かた》を持つのよ！　あんた悔《くや》しく……っ」

「私が、なに？」

「……なんでもない。とにかく、あたしはやんない」

もちろん詩羽には、英梨々が呑《の》み込んだ言葉の先に何があるのかわかっていた。

「ねぇ澤村さん、もし私のことを気遣《きづか》っているのなら、それは余計なお世話よ？」

「……なんでもないって言ったじゃない」

それがわかっているからこそ、英梨々も、その言葉をさらに喉《のど》の奥に深くしまい込む。

「あなたは自分の意志で、自分がどうしたいかを決めなさい」

「さっきから言ってるじゃない。あたしは……」

「いいえ、あなたがさっきから話しているのは、できない理由だけ……」

「なっ……」

「あなたはまだ何も決めてない。自分がこれからどうしたいのか、どうなりたいのか、クリエイターのままでいたいのか、それとも……」

「やめてよっ！」

そうやって、途端《とたん》に感情的になって言葉を遮《さえぎ》ってくるから、詩羽にはわかってしまう。

英梨々が、本当に、何も決めていないということが。

「あんた、あたしに行かせたいの？　『blessing software』やめさせたいの⁉」

「別に、そんなことは……」

「もしかして裏工作？　あたしがサークル抜《ぬ》けたところで、自分だけひょっこり戻ってきて『いつまであんな裏切り者のことを想《おも》い続けているの？　もう五年よ？』とか言って地《じ》雷《らい》女みたいにあいつの側《そば》に付きまとい続けるとか……っ！」

「だからそんなつもりはないって……だいたい私、抜け駆《が》けしようと思えばいつだってできるもの。別にそんな迂遠《うえん》な工作なんか弄《ろう》する必要性を感じないわね」

「いつも口だけは威勢《いせい》がいいくせに、最後の一歩を踏《ふ》み出せずに自爆《じばく》ばっかのヘタレ女が何か言いやがってますね～」

「…………」

「…………」

相変わらず目を合わせないまま、二人の会話は、互《たが》いの視線のように平行線をたどる。

けれどだからといって、二人の心までがずっと交わらない訳ではなくて。

「あいつは、嫌《きら》い……」

「アレを人間的に好きになれる人なんていないんじゃないかしら」

「けど、あいつは、やっぱり凄《すご》かった……」

「正直言うと、あの漫画《まんが》原稿《げんこう》だけは、持って帰って宝物にしたかった……」

「ねぇ想像できる？　『フィールズクロニクル』よ『フィールズクロニクル』！　それも、あたしと、あんたで！」

「あと紅坂朱音もね」

「あの企画書《きかくしょ》見たでしょ？　どんだけ作り込んであるのよ！　あ〜、あれが完成したらどんな感じになるんだろう……」

「下手するとシリーズ最高傑作《けっさく》の期待だってあるわね」

「しかも、しかもよ！　紅坂朱音は！　あの企画を！　あたし前提に……ぁ」

「……いいのよ、澤村さん」

「う、ううん、ごめん……」

英梨々は、まだ酔っていた。

だから、喉の奥に飲み込んだはずのものが、ほんの少し顔を出してしまった。

「別に、あなたが謝ることじゃないでしょう？　紅坂朱音があなたの絵をイメージした企画を立てたのも、あなたを引き込むためについでに私に声をかけたことも、私のことを触媒《しょくばい》に喩《たと》えたのも、全部向こうが勝手にしたことなんだから」

「ちょ、ちょっと」

そしてその不注意は、英梨々の知らない霞ヶ丘《かすみがおか》詩羽を……いや、霞詩子《かすみうたこ》を呼び覚ます。

「あなたはさっき、私に『悔しくないの？』って聞いたわよね？」

「だ、だから、それは……」

「いいわ答えてあげる……悔しい！　悔しいわよ！　そんなの決まってるでしょう！」

「〜〜〜っ⁉」

英梨々の知っている詩羽は、いつも大人だった。

大人の皮肉や嫌味《いやみ》や毒舌を容赦《ようしゃ》なく浴びせかけては英梨々をぐりぐりと抉《えぐ》ってきた。

「あなたみたいな商業デビューもしてない同人絵描きの添《そ》え物みたいに言われて、プロの私がなにも感じないはずがないでしょう！」

だから英梨々は、そんな詩羽に対抗《たいこう》すべく必死で反論し、防衛し、逃《に》げ回り。

……そして、自分が敵《かな》うはずがないと、安心していた。

「だからもし、あなたがこのプロジェクトに参加するというのなら、覚悟《かくご》なさい……真正面から叩《たた》き潰《つぶ》してあげるから」

こんな、大人げない詩羽なんて、見たことも聞いたことも、想像したことすらなかった。

「ね、ねぇ、ちょっと……やめて、やめ……っ」

「はいやめ！　これでおしまい」

「……え？」

けれどやっぱり、そんな大人げない詩羽は、ほんの一瞬《いっしゅん》で。

今そこにいるのは、たった今そこにいた彼女とは違《ちが》い、いつもの、シニカルな笑《え》みをたたえた詩羽だった。

「というわけで、私の決意表明は終わり。あとはあなたが決めなさい……じゃあね」

ぽんぽんっと、軽く二度ほど英梨々の頭に触《ふ》れると、詩羽は駅に向かって歩き出す。

「それって……どういうこと？」

「ん～？」

その遠ざかる背中を、英梨々は、置き去りにされた子供のような目で見つめる。

「あたしが請《う》けるなら、あんたも請けるってこと？」

「ま、確かにそう言ったような気もするわね」

「あたしが断ったら、あんたも断るってこと？」

「だって、そもそもあなたが断ったら、この企画そのものが流れるんですもの」

「なにそれ！　人に決めろって言っておいて自分の判断はあたしに丸投げ!?」

「元々私に選択肢《せんたくし》はないのよ、澤村さん」

最後に、背中を向けたままからかうようにひらひらと手を振《ふ》った詩羽は、そのままずうっと雑踏《ざっとう》の中へ消えていった。

「ちょっと！　待ちなさいよ霞ヶ丘詩羽っ！　あんた、人のこと散々煽《あお》っておいてそんな……え～、ちょっとぉ～！」

人混みに紛《まぎ》れても、英梨々の高い声が超音波《ちょうおんぱ》のように耳に届く。

その情けない叫《さけ》びを聞きつつ、詩羽はいつもの『しょうがないわねぇ』な苦笑《くしょう》を浮《う》かべ、けれどいつもとは違う言葉を呟《つぶや》いた。

「ごめんね、澤村さん」

詩羽に、選択肢などなかった。

紅坂朱音に『柏木《かしわぎ》エリの添え物』と評される前から、そんなものはなかった。

なぜなら、『フィールズクロニクル』も、クリエイターの名誉《めいよ》も、今の霞詩子にとっては二の次で……

『柏木エリと、もう一度組みたい』

その、一番の願いが叶《かな》えられるチャンスが、目の前に転がっていたのだから。

※　※　※

「朱音さん」

「……ん〜」

「朱音さん、起きてください」

英梨々と詩羽が、お台場で苦い感情を持て余していたのとほぼ同時刻。

二人にそのような気持ちを抱《いだ》かせた当の本人は、爽《さわ》やかなイケメンボイスで心地《ここち》良いまどろみから現実に引き戻《もど》されているところだった。

「ふあぁぁぁ〜……あれぇ、伊織《いおり》？」

「何寝《ね》こけてるんですか、しかもこんな高級料亭《りょうてい》で」

ふと身を起こすと、そこは数時間前の打ち合わせと同じ、御影亭《みかげてい》の座敷《ざしき》。

かった。

周囲を見渡《みわた》すと、机の上に大量の料理皿と、床《ゆか》には数本の一升瓶《いっしょうびん》。

どうやら、客をもてなした後も、彼女の〝無礼講〟はつつがなく執《と》り行われていたらしい。

「ふあぁ～……一週間ぶりに寝た～」

「いい加減そういうのは控《ひか》えた方がいいですよ。もう無理が利《き》く歳《とし》じゃないんだし」

「ま、今夜から三日寝続けて取り戻すから大丈夫《だいじょうぶ》」

「にしてもその三日間をここで過ごさないように。帰りますよ」

その、朱音の荒唐無稽《こうとうむけい》な『寝てない自慢《じまん》』を軽く受け流しつつ、座敷の皿や一升瓶をマメに片づけている若いイケメンの名は、波島《はしま》伊織。

絵も文章も何もできないにもかかわらず、プロデューサーとしての資質を朱音に見いだされ、彼女のサークル『rouge en rouge』を任されている、現在の彼女の一番弟子《でし》だ。

「待ってよ～伊織。ついでに晩ご飯もここで食べてくから」

「……クライアント《マルズ》のお金だからってやりたい放題ですね……?」

と、その伊織の忙《せわ》しなく動いていた手が、突然《とつぜん》ぴたりと止まった。

「……朱音さん」

「なに?」

「ここに呼んだの、霞詩子と柏木エリですか？」

「……よくわかったわねぇ」

その止まった手には、座敷の隅《すみ》に落ちていた一枚の紙切れ……例の企画書の一部が握《にぎ》られていた。

「『フィールズクロニクル』のメインスタッフにあの二人を据《す》えるって、本気だったんですか？」

「そういえば、柏木エリに最初に目をつけてたのってあんただったわね……今さらながら、あんたの先見の明には恐《おそ》れ入ったわ」

「それで、彼女たちのサークルの代表の方には断りを入れてくれたんでしょうね？」

「あ〜、那須《なす》高原の彼？　例のハーレム代表？　確か、あんたとタメを張る女たらしなんだっけ？」

「……それはあくまで個人のイメージなので公言はしないでくださいよ？」

多分、今のを彼の元親友が聞いたら『あいつと一緒《いっしょ》にするな！』と仏頂面《ぶっちょうづら》になるに違いないだろう。

そう、今の伊織の表情と同じように。

「僕、ちゃんとお願いしましたよね？　不死川《ふしかわ》だけじゃなく、『blessing software』にもちゃんと仁義を切ってくれって」

「あ〜、言ってたかもね」

「……てことは」

「いいじゃない別に。同人にまで仁義切る必要ないっしょ。どうせあっちだって今のメンバー集めるのに裏で相当なことやってるんだろうし」

「……まぁあっちはある意味一〇年以上前から仕込んでるから相当ですけど、それでも一応筋は通してますよ」

伊織の説教をめんどくさそうに聞き流しながら、朱音はまだ中身の残っていた一升瓶を見つけると、今度はグラスを探し始める。

「だいたいあんた、私の性格知ってるでしょ？　不死川だって、資本関係があるから筋通したただけで、本来だったらそんなめんどくさい政治的配慮《はいりょ》なんてやってらんないわよ」

「そんなだから業界中敵だらけになるんですよ朱音さんは。売れてるうちはそれでもいいんだろうけど……」

「売れなくなったら大人しく野垂れ死ぬわよ。どうせこの世界でしか生きていけないんだし」

「あなたは勝手に野垂れ死んでも幸せでしょうけど、今のあなたはどれだけの人を養ってると思ってるんですか？」

朱音のサークルの運営だけでなく、彼女の会社の運営も手伝っている伊織は、今の彼女がどれだけの人の上に立っているかを知っている。

だからこそ、紅坂朱音という個人と、そのブランドが倒《たお》れた時に起こるであろう業界内の嵐《あらし》を想像もしたくない。

「あ〜、なんかめんどくさいなぁ」

「気に入ったクリエイターを全部自分のものにしたがるからですよ。自分で自分の人生をめんどくさくしてるんです、あなたは」

「まぁまぁ、いい作品のためだ。伊織も付き合え」

「……だから高校生に酒を勧《すす》めないでください」

やっとのことでグラスを二つ発掘《はっくつ》した朱音は、再び飲む前からすでにおっさん口調……男言葉に戻りつつあった。

「『フィールズクロニクル』を生まれ変わらせるのよ……私と、あのコたちで」

結局、手酌《てじゃく》で残りの酒を全部飲み干した朱音は、美味《うま》そうに煙草《たばこ》をふかしながら仰向《あおむ》けに寝転んだ。

その仕草から所業から、全部が全部、本当におっさんくさい。

「……前作までのスタッフ、全部追い出したんですって？」

「私が企画《きかく》から請け負う条件として『スタッフの刷新』を掲《かか》げたら、マルズがそれを実行しただけよ。選択権は渡《わた》したもの、こっちがとやかく言われる筋合いはないわね」

「そんなの、追い出された方からしたらとやかく言うに決まってるでしょう……」

「今までよりもいい作品を作り上げたら周囲も納得《なっとく》するでしょう？　だいたい、あの名作RPGシリーズの最近の停滞《ていたい》っぷりはなに？　まったく新しいアイデアが出てこない！　キャラクターも世界観も焼き直しばかり！　あの、一作ごとに内容がコロコロ変わって、どこへ飛んでいくかわからないワクワク感がたまらない、私の愛した『フィールズクロニクル』はどこへ行ってしまったのよ！」

「……そうやって『自分の好きなタイトルの続編の出来に納得いかないから自分で作る』を地で行ってたら、いずれ世のコンテンツが全部紅坂朱音ブランドになっちゃいますよ？」

「しょうがないじゃない。旧フィールズチームが仕事しなくなったんだから」

「相変わらず、仕事しない連中のこと嫌《きら》いですね朱音さん……」

「私がもっとも憎《にく》むもの。それは書かない作家、描《か》かない絵描き、仕事しないディレクタ

「……」

「それも、『才能があればあるほど許しがたい』だもんなぁ」

「描けるんなら描きやがれってんだクソッ！　ぬくぬくと過去の財産で生きてんじゃねぇよ！　仕事しないくせにネットで偉《えら》そうなこと言って存在感だけ誇示《こじ》してる奴《やつ》らなんか滅《ほろ》んじまえ！」

「……いや、え～と、その」

「そういう奴らは、私が潰《つぶ》す。生き永らえさせなんかしない。奴らの作風に似せて、奴らより優良な作品を出して、奴らの存在価値をなくす。世界から忘れ去らせてやる。オワコンにしてやる」

もう、さすがに相槌《あいづち》を打つのを諦《あきら》めて、伊織は朱音の手から一升瓶をひったくる。

人並み以上の野望を持つはずの伊織でも、酒が入った時の〝本気〟の朱音の野望にはさすがについていけない……というか誰《だれ》が聞いてもドン引きだろう。

「旧フィールズチームね……結局、新会社を立てて、フィールズクロニクル〝みたいな〟完全新作を作るらしいわよ？」

「そうですか……まぁ、よかった、のかな？」

「ほら、才能のある奴らがやる気を取り戻した。私のしたことは間違《まち》いじゃなかった。ま、過去の栄光から脱却《だっきゃく》できずにトンチキなもの作ってきたらまた潰すけどね」

しばらくすると、朱音が安らかな表情を見せて、目を閉じる。

その、三日は起きなさそうな表情を見つめながら、伊織はその口元から煙草を取り上げ、灰皿で揉《も》み消す。

「朱音さんの言ってることは、今の僕にはまだ大きすぎます」

「そう……」

「勝手だけど、僕はもっと、自分のためだけにサークルをやりたいんです」

「私だって自己中よぉ？」

「あなたの自己は大きすぎるんですよ……持っているものも、守るべきものも、目指しているものも」

「あんただってトップ狙《ねら》うんでしょ？　ならそのくらい耐《た》えないと」

「僕はもうちょっとラクしたいなぁ……そんなに自分を追い込まなくて、そこまでしがみ抱《かか》えたりしなくて、そこそこ仲間とワイワイやれて」

「………出て行く気なのね」

「今までお世話になりました」

朱音は、目を閉じたままだった。

　だからその時、伊織が深々と頭を下げていたことなんか知らないはずだった。

「でも伊織、覚えておきなさい？　あんたがこの業界でのし上がろうとする限り、楽な道なんかない。憎まれ、叩《たた》かれ、死ぬ思いをして這《は》い上がっていくしかない」

「……そういう面倒《めんどう》なのは他《ほか》の人に任せて、僕はもっとフィクサーみたいな立ち位置で行こうかなと」

「そんなに都合よく矢面《やおもて》に立ってくれるパートナーがいればいいけどねぇ」

　その時、伊織がほんの少し笑ったのは、もちろん朱音には見えていなかった。

「そういえば……」

「ん～……？」

「朱音さん、よく考えたら彼に似てるかもしれません……ほら、那須高原の、例の女たらしのハーレム代表」

「……ならますます、彼とは相容《あいい》れないわね」

　それっきり、朱音は伊織の問いかけに返事をしなくなった。

※　※　※

「はい、コーヒー」

「どうも……」

そして、その日の夜遅《おそ》く。

英梨々と別れた詩羽がその足で向かったのは、不死川書店の編集部だった。

休日の夜に、しかも連絡《れんらく》もせずぶらりと訪《おとず》れたにもかかわらず、当然のように出社していた町田《まちだ》が温かく詩羽を迎《むか》えてくれた。

まぁそれが当然《休日出勤》だという風潮自体については詩羽はここで議論する気はなかったけれど。

「そっか……ぐらついちゃったかぁ」

「すいません……」

紙コップを両手で包み込むように持ち、ふぅふぅと冷ましながら、詩羽はいつもよりも神妙《しんみよう》に、町田に頭を下げる。

それはもちろん、コーヒーを奢《おご》ってもらったことに恐縮《きようしゆく》している訳ではなくて。

「もし向こうもやることになっても、『純情ヘクトパスカル』は中断しないわよ？　何しろ立ち上げたばかりなんだし、これからが勝負なんだからね」

「わかってます。立ち上げも遅《おく》らせちゃったし、これ以上は絶対に迷惑《めいわく》かけません」

あれだけ『絶対にやらせたくない』と抵抗《ていこう》してくれた町田の厚意を無にする選択《せんたく》を自分

がしてしまいそうな現状に対しての申し訳なさからだった。

「じゃあ、サークルの方は？　さすがに三つも掛《か》け持ちは無理よね？」

「……私は、どうせ卒業ですから」

ほんの少し、どこかがちくりと痛んだのを無視して、けれど少しばかりの未練を『どうせ』という言い回しに込《こ》めて、詩羽が言葉を放《ほう》り出す。

「『卒業しても、ずっと一緒《いっしょ》にいて欲しいんだ！』ってTAKI君に告白されたらどうするの？　あなた断れる？」

「けほっ、けほぉっ……からかってるんですよね？　人の反応を見て笑うつもりなんですよね？」

「何割かは本気で心配してるんだけどなぁ」

けれど、そんないじらしい意地など、詩羽のことを誰よりも知る町田にまで隠《かく》し通せるはずもなく、熱いコーヒーを無理やり飲んで喉《のど》を焦《こ》がすしかなかった。

「とにかく、不死川への報告はこれで済ませましたから。それじゃこれで」

と、結局、そのしおらしい態度を三分ももたせることができず、詩羽はいつも通りの不《ふ》機《き》嫌《げん》な表情を作ると、そそくさと立ち上がり帰り支度《じたく》を始める。

「……茜《朱音》に会ったのよね？　元気にしてた？」

「もしかして、お知り合いですか？」

　けれど町田も心得たもので、そんな機嫌を損《そこ》ねた詩羽を一言で封《ふう》じる魔《ま》法《ほう》の言葉をここで使ってきた。

「大学時代、同じ漫研《まんけん》にいたのよ。一緒にコミケ出たこともあるわ」

「確か町田さん、私と同じ早応《そうおう》大ですよね……」

　あの天才マジキチ作家が、これから自分が入る大学のＯＢでもあったという衝撃《しょうげき》の事実に、詩羽はこめかみを押さえて自分の運のなさを呪《のろ》った。

「ま、彼女はその頃《ころ》から自分のサークル《rouge en rouge》も持ってたから、こっち《漫研》の方は腰《こし》かけみたいなものだったらしいけどね……とにかくもう、当時から絵の上手《うま》さと手の速さとお話の面白《おもしろ》さは群を抜《ぬ》いてたなぁ」

「で、当時からあんなアレな性格してたんですか？」

「ううん？　当時は大手女性向け同人作家の典型みたいなコだったわよ。実家が金持ちの箱入りお嬢様《じょうさま》でね、ちょっと浮世《うきよ》離《ばな》れしてて、お金に執着《しゅうちゃく》しなくて、身内意識が強くて、
　上昇《じょうしょう》志向もそんなになくて、ただ、同じ趣味《しゅみ》を持つ仲間たちとワイワイ楽しくやってればいいやって感じ」

「……あの人が、ですか？」

「あの茜《あかね》が、よ」

と、タイミングを見計らっていたかのように、町田はポケットの中から一枚の写真を取り出し、詩羽に掲《かか》げてみせる。

「一枚だけ、部屋に残ってたのよね」

その写真は、どこかの即売会《そくばいかい》の時のもののようで、女性が四人ほど、各々《おのおの》が当時のやおい同人誌で人気だった作品のキャラのポーズを模すという痛々しい構図になっていて。

「……町田さん変わってませんね」

「見るべきところはそこじゃないってわかってて言ってるでしょ」

少しだけ苛《いら》ついた声を上げた町田が指し示した中央に、黒髪《くろかみ》ロングにカチューシャをはめ、つい最近どこかで見たような顔で大人しそうにはにかむ女性が……

「…………すいませんもういいです勘弁《かんべん》してください」

「や～そうそう！　当時の茜って今の詩《し》ちゃんとおんなじ髪形しててさ～、あっはっは」

すごく嫌《いや》そうに写真を押し返すと、詩羽は荒《あら》い息を落ち着かせるように、少し冷めたコーヒーを一気に飲み干す。

「これ、商業デビューしたての頃でね。確かこの年の年末に大学を中退して本格的にプロになったんだっけなぁ」

町田の声には懐《なつ》かしそうな響《ひび》きが籠《こ》もっていて、それが本当にいい思い出だったことと、そして今となっては二度と取り戻《もど》せない過去であることを物語っていた。

「それで、プロになって彼女は変わってしまったということですか」

「まぁ、そうなんだけど、ああなるまでにはもう少しタイムラグがあってね」

「タイムラグ？」

「デビュー作がね、いきなり一〇〇万部売れて、半年でアニメ化が決まったのよ」

「……とても順風満帆《じゆんぷうまんぱん》ですね」

それはやはり、誰もが嫉妬《しつと》を覚えるほどのシンデレラストーリーにしか思えなかったけれど……

「早すぎたのよ……彼女はまだ、若すぎた」

けれどどうやら、そのシンデレラのアフターストーリーは、『末永く幸せに暮らしましたとさ』とはならなかったようで……

紅坂朱音のデビュー作『五反田《ごたんだ》の枢機卿《カージナル》』（六聖社《りくせいしや》）は、発売半年、たった三巻にして、弱小出版社である六聖社始まって以来の一〇〇万部超えを達成し、あっという間にアニメ化が決定した。

出版社も作者も、初のアニメ化の快挙に沸《わ》き立ち、その掲載誌《けいさいし》やHPでの浮《う》かれっぷりは、見ていて微笑《ほほえ》ましくなるほどの高揚感《こうようかん》と親近感に満ちていた。

……そう、アニメ制作が具体化していくまでは。


もともと、アニメ業界へのパイプも、大手スポンサーへのパイプもない弱小出版社と弱小作家のペアは、『いいアニメを作りたい』、『みんなに見てもらいたい』という一念で、必死に『自分たちができる範囲《はんい》で』全力を尽《つ》くし、スタッフを集め……

そしてやはり、『いいアニメを作りたい』という一念で、その制作現場へと頻繁《ひんぱん》に出向き、設定やデザイン、ストーリーその他諸々《もろもろ》に『原作側の見解』を送り続けた。

だがしばらくして、先方から呼び出され打ち合わせに出向いた彼らは、まるで予想もしていなかった言葉を浴びせられることになる。

『こっちはね、ぽっかり空いた放送枠《わく》を埋《う》めるために完全に無理なスケジュールで来た仕事を、クソでもいいからなんとか形にするために一生懸命《いっしょうけんめい》やってんですよ』

『ケツ拭《ふ》けない、ケツ拭く気のない人たちにとやかく言われても迷惑なだけなんですよ』

人脈も金もない彼女たちの企画《きかく》は、空いてしまった放送枠の穴を埋めるために利用されていただけだった。

最初から、クソアニメとして完成することが約束されていた。

ほとんど原作のコピペなのに、何故《なぜ》かキモの台詞《せりふ》を中心にスポイルされた脚本《きゃくほん》。

原作の特徴《とくちょう》をことごとく消し、極限まで簡素化された雑《ざつ》と言い切れるデザイン。

そして最初から、クソをひり出す気満々のモチベーション皆無《かいむ》のスタッフたち。

もちろん、そんなクソアニメなど、一般《いっぱん》のアニメファンの話題に上るはずもなく、結局『五反田の枢機卿《カージナル》』は、『信者ですら見放した誰《だれ》得アニメ』という不名誉《ふめいよ》な称号《しょうごう》を授《さず》かることになる。


そんなアニメの失敗もさることながら、彼女にとって何より痛かったのは、そのクソメディアミックスによって、既存《きそん》の原作ファン……彼女がもっとも大切にしていた『仲間』を幾人《いくにん》か失ってしまったことだった。

「……うわぁ」

「で、それから五年間、茜はどれだけ作品が売れても他メディアへの展開にＯＫを出さなくなった」

それからの紅坂朱音は変わった。

ひとつひとつの作品ごとに、契約《けいやく》でがんじがらめに縛《しば》りつけ、出版社がその禁を破って勝手に他メディアへの展開を図ろうとすると、即座《そくざ》に既存作品の版権ごと別の出版社に移《い》籍《せき》して描《か》き続け、機が熟す……自分に、金と人脈が蓄積《ちくせき》されるまで待ち続けた。

その間、作品を作り続けていただけではない。

在野の才能ある人材を捜《さが》し回り、次から次へと自分の配下に収め。

業界を隅《すみ》から隅まで渡《わた》り歩き、力のある企業《きぎょう》を見分け、ある時は取り入り、ある時は人材を奪《うば》い。

そして五年後……

それまでに描き溜《た》めた紅坂朱音作品のメディアミックスが一気に花開く。

それらの展開は、全《すべ》て彼女の立ち上げた版権管理会社が主導した。

主要スタッフは自前で集め、資本参加する企業も『口を出さずに金を出す』ところだけに厳選し。

それから一〇年近く、彼女のメディアミックスに失敗の二文字はない。

「メディアミックスの女王、紅坂朱音の誕生よ……」

「なるほど……彼女にもそういう辛《つら》い過去があったと？」

「いんやぁ〜、アニメ化される作品の原作者の●割は大抵《たいてい》そんな目に遭《あ》ってるわよ〜、あはははは」

「すいませんその割合だけは口に出してほしくなかったです町田さん」

「だからその程度のことで人格変わっちゃうとか茜って実はメンタル弱いのよねぇ。ただ彼女の場合、その程度であそこまで上りつめちゃうってのが逆に凄《すご》いんだけど」

「あと、『類は友を呼ぶ』ということわざの信憑性《しんぴょうせい》を今になって猛烈《もうれつ》に理解したんでもう帰っていいですか」


「とにかく、そんなわけで、過程はともかく、今の高坂茜《紅坂朱音》はとんでもない化け物よ」

「……まぁ、一回会っただけでそれはわかりました」

「あいつと付き合っていくには……というか戦っていくには、並大抵《なみたいてい》でない実力かメンタルか、あるいはその両方がないと太刀《たち》打ちできない」

「そうかも、しれませんね」

「あなたにできる？　詩《しー》ちゃん？」

「…………」

その問いかけに、詩羽は返事をしなかった。

けれどそれは、自信がなかったからではなかった。

いや、自分自身については自信があったのだけれど……

ただ、詩羽の脳裏《のうり》には、あの金髪《きんぱつ》の、ポンコツ娘《むすめ》の泣き顔が浮かんでいた。

ACT5　準備室の誓《ちか》い

『あ……』

『卒業おめでとう……詩羽《うたは》先輩《せんぱい》』

三月吉日《きちじつ》……

豊ケ崎《とよがさき》学園、卒業式。

退屈《たいくつ》な式を終え、声をかけてくる同級生たちを適当にあしらい、やっとのことで校門にたどり着いた詩羽を、一人の後輩《こうはい》の少年が出迎《でむか》えた。

『まさか倫理《りんり》君が待ち伏《ぶ》せしているとは思わなかったわ』

『え～、俺、そんなに薄情《はくじょう》な男だと思われてたの？』

校門を抜《ぬ》け、駅への道を二人並んで歩く。

桜にはまだ早く、風もまだ冷たく、別れの季節というのもなんとなくピンとこない、そんな並木道を、ゆっくりと……

『話が、あるんだ』

『え……』

『考えたんだ、俺……これからの、詩羽先輩とのこと』

『そ、それって……』

『もう、後輩ってだけじゃ嫌だ。詩羽先輩、いや、詩羽さん、俺……っ！』

『り……倫也《ともや》君！』

※　※　※

「ふぁぁあい……？」

『か、霞ヶ丘《かすみがおか》、詩羽？』

「……澤村《さわむら》さぁん？」

……という決定的瞬間《しゅんかん》まで〝夢〟が辿《たど》り着いた瞬間、けたたましい携帯《けいたい》の着信音によって叩《たた》き起こされた詩羽はもの凄く不機嫌《ふきげん》な態度で携帯の着信に応《こた》えた。

ちなみに今日は、卒業式の、まだ三日前だった。

『あ、あの……今、いい？』

「ちょっと澤村さん、あなた今何時だと……」

『え、お昼の三時だけど？』

「………」

そのときになって詩羽は、自由登校になった今月の初め以降、窓のシャッターを締《し》め切って毎日毎晩読書と睡眠《すいみん》を交互《こうご》に繰《く》り返すだけの日常を送っていることを思い出した。

※　※　※

「もう薄暗《うすぐら》くなってきたわね」

「……ごめん、急に呼び出したりして」

「別にいいわ。今はたった一つの締め切りもない奇跡《きせき》のエアポケットですもの」

第二美術準備室の扉《とびら》を開けると、沈《しず》みかけの夕陽《ゆうひ》が窓から直接差し込んでくる。

英梨々《えりり》が『今から会えないかな？』と指定してきたその場所は、もう、あとは卒業式しか行くことはないと思っていた豊ヶ崎学園の校舎内だった。

授業も終わり、人影《ひとかげ》のまばらな校内で落ち合った二人は、人目を避《さ》け……ている訳ではないものの、誰にも会うことなく美術室の、そのまた奥にある第二準備室へとしけ込んだ。

「それで話って？」

もちろん詩羽は、こんな美術部の巣窟《そうくつ》にして英梨々の（ほぼ）私室というアウェーにもかかわらず、いつもの自分を崩《くず》すことなく、部屋の真ん中に置いてある椅子《いす》に我が物顔でどっかと座る。

「う、うん、えっと……」

それというのも、いつもはこんな態度を取るだけですぐに激しく突《つ》っ込んでくる仇敵《えりり》が、部屋の隅に突っ立ったまま何のリアクションも起こさないからで。

「だから、その、何て言ったらいいのか……」

「もう、何なのよその『来ないの、アレが』って言い出しそうな煮《に》え切らない態度は！」

「違《ちが》うの！　来ちゃったのアレが！」

「そう！　ならよかったじゃない！」

「……あんたの言ってるアレってなに？」

「……澤村さんの言ってるアレこそ何よ」

「……描《か》けた？」

「……かも」

結局、詩羽の方から質問を絞《しぼ》り込むような形でヒアリングをかけ、やっとのことで英梨々から引き出した情報によると……

「あのときの、絵が？」

「だいぶ、タッチが近づいてきた気がする」

来たのは、創作の神様。

あの年末の那須《なす》高原で、高熱で朦朧《もうろう》とした意識の中に降り立ち、最後の七枚を完成させた才能の煌《きら》めき。

年が明け、熱も収まり、そして幼なじみと仲直りした途端《とたん》に霞《かすみ》のように消え去った、気まぐれで厄介《やっかい》な能力。

「本当、なの？」

自然、詩羽の口調に力がこもる。

「さっき、家でスケッチしてたら、いつの間にか……」

「スケッチ!?　それどこ？　見せなさい！」

「それが、その……家に置いてきちゃった」

「ええい使えないわねこのトンチキ！」

「ひどいっ!?」

なぜなら、多分、そのことを本人よりも待ち望んでいたはずだから。

「しょうがないわね……じゃ、行くわよ澤村さん」

「ちょ、ちょっと、帰らないでよ！　まだ話終わってないわよ！」

「いいえ帰るのよ、あなたの家に！　私も一緒《いっしょ》に！」

「……なんで？」

「決まってるでしょう？　その絵を見てみないことには、あなたが本当にスランプを脱《だっ》したかどうかわからないからよ！」

自分でもどうしてこんなに焦燥感《しょうそうかん》に駆《か》られているのかわからなかったけれど……

それでも詩羽は、さっきまで抱《かか》えていた眠気《ねむけ》も何もかも吹《ふ》き飛ばし、英梨々の手を引いてまで真実の確認《かくにん》を急ごうとする。

「え、でも……行くんなら、あんたの分の夕食も用意するように連絡《れんらく》しとかなきゃ」

「いらないわよ夕食なんて！」

けれど英梨々の方は……

自らのロストテクノロジーを再構築したと、さっき歴史的重大発表をしたはずの英梨々の方は、焦《あせ》る詩羽を『わざとか？』と思わせるくらいに焦《じ》らしまくる優柔不断《ゆうじゅうふだん》な態度を取り続けている。

「で、でもうち、曲がりなりにも外交官の家なんだから、夕飯どきに友達呼んでおいて食事用意してないなんてなったらパパが恥《はじ》かくじゃない」

「ああ今はそんなのどうでもいいっていうのにこういうときに限って普段《ふだん》は全然使わないお嬢様《じょうさま》属性持ち出しやがってこの空気読めないガキはぁぁぁぁ〜」

「ちょっ！　さっきからマジひどい霞ヶ丘詩羽！」

そのウジウジした態度の真の理由にもきっちり心当たりはあったけれど、今の詩羽は、相手のそんな深層心理にまで付き合っていられるほどの余裕《よゆう》はなかった。

「それに、絵を見るだけなら、別にウチに来なくてもいいじゃない」

「けれど、それじゃどうやって確かめれば……」

「今から描けばいいんでしょ？」

「は……？」

急に毒気を抜かれたように棒立ちになる詩羽に構わず、英梨々は部屋の隅《すみ》にあったイーゼルを引っ張り出すと、さっさと窓際《まどぎわ》に立てかける。

「ここなら画材も全部そろってるから、すぐに始められるし」

「け、けれど澤村さん、すぐに始められても、すぐに終わるわけじゃ……」

詩羽がそう心配するのも無理のないことだった。

なぜなら彼女は、英梨々が今年に入ってからの二か月で仕上げたイラストの枚数を知っていたのだから。

「そうねぇ……じゃ、悪いけど、三〇分だけ待ってて……今四時半だから、五時まで」

「三〇分って、それじゃラフ止まり……」

「三〇分だけ、待ってて」

「澤村、さん？」

けれど……

そこに、さっきまでの、人に依存《いぞん》しまくりの優柔不断な被虐《ひぎゃく》系女子はいなかった。

カンバスを立て、椅子の高さを調整し、眼鏡をかけ、鉛筆《えんぴつ》を選ぶ。

その一つ一つの動作が、いちいち自然で、堂に入っていて。

「四時三七分……準備に七分かかったわね……じゃ、あと二三分」

「え、別に準備の時間は……」

「ちょっと、今から喋《しゃべ》らないでね」

「澤村さん……？」

絵描きとしては、当たり前のことしかしていないはずなのに、なんだか……

なんだか、とても、カッコ良く……

「じゃ……始めるわよ」

「っ……」

その瞬間、何かのスイッチが入ったような音が響《ひび》いた……ように詩羽には聞こえた。

※　※　※

「あ、ぁ……」

それから三〇分……いや、二三分間のことを、詩羽はよく覚えていない。

それはまさに、衝撃《しょうげき》だった。

たった一枚のカンバスに走らせる鉛筆を、筆を、見ているだけの時間だったのに。

なのに詩羽は、そのときに考えていたことを、後になっても思い出せなかった。

「あ、ぁぁ……ぁぁぁ……っ」

鉛筆一本が、カンバス一枚に、圧倒的《あっとうてき》な記号と情報を埋《う》め込む。

モチーフは、いつも通り、美麗《びれい》な少女。

ポニーテールで、にっこり笑ってて。

正統派美少女のようで、けれど可愛《かわい》さが滲《にじ》み出ていて。

落ち着いた佇《たたず》まいのようで、微妙《びみょう》に活発的でもありそうで。

少し自信のなさそうな、けれど優《やさ》しげな微笑《ほほえ》みを浮《う》かべ。

そう、ふたたび『cherry blessing ～巡《めぐ》る恵《めぐ》みの物語～』のメインヒロインが。

叶巡璃《かのうめぐり》が、この美術準備室に、顕現《けんげん》していく。


「………………」


いつの間にか、もう作業は色塗《ぬ》りに移っていて。

もはや英梨々の手元は速過ぎて見えない……なんてことはさすがになかったけれど、次から次へと切り替《か》えているその工程が何をしているのかは、詩羽にはもはや追い切れず。

ただ、カンバスがリアルタイムでカラフルに彩《いろど》られていくのを、指を咥《くわ》えて眺《なが》めているしかなかった。

さっきまで、単色の美少女だった巡璃が、色付きの美少女に……大人になっていく。

坂道を上り、その奥に青空が広がり、そして、美術準備室の中に桜の花びらが舞《ま》い散り始めた……ような錯覚《さっかく》を起こさせる。

その瞬間《しゅんかん》……この部屋にだけ、一足先に春がやってきた。


「…………っ」


詩羽は、泣いていた。

涙《なみだ》はこぼしていなかったけれど。

そんなことをしたら、英梨々に最悪の弱みを握《にぎ》られるから、意地でもこぼさなかったけれど。

だって、詩羽が、初めて英梨々の絵を見たのも、この準備室だったから。

そしてあれ以来、詩羽は同人作家、柏木エリの隠《かく》れファンを一年半続けてきたのだから。

だから、自分の応援《おうえん》が報《むく》われたこの瞬間に、感情が爆発《ばくはつ》してしまうのはもう当たり前すぎることだったから。


そして、詩羽は、問いかける。

今はここにいない、そして今、ここにいて欲しい、後輩《こうはい》に。

『ねぇ倫理君《りんり》、あなたは、澤村さんのこの姿を見たことがあるの？

彼女が本気で、命を燃やして、楽しそうに描いている姿を、見たことがあるの？

ううん、多分、一度もないんでしょうね……

だって、もし、あなたがこの彼女を知っていたら。

護《まも》ってあげたいなんて、そんな不遜《ふそん》なことを思える訳がない』

『ああ、本当にもったいない。

そして、本当によかったわね。

もしあなたが、今のこの彼女を知ってしまったら。

きっとあなたは、彼女にもう一度恋《こい》をして、そして、その恋が届かないと知って絶望し。

これから自分が進むべき道について悩《なや》むことになるんでしょうね』

『あなたは、澤村さんのことを自分が一番よくわかっているつもりだったんでしょう？

けれど残念。本当は何もわかっていなかった。

彼女がこんなにも強く、気高く、美しく……

そして、素晴《すば》らしいイラストレーターだということを、世界で唯一《ゆいいつ》知らないピエロ君よ』

※　※　※

「できた！」

「…………」

「今、何時!?」

四時、五八分だった。

「…………」

「……二三分以内に、上がったわよね？」

「…………」

二一分で、上がった。

「どう、かな？」

「…………」

「あの、那須高原のときの絵に、近づいたかな？」

「…………」

近づいてなんか、いなかった。

というより、離《はな》れていってしまっていた。

「霞ヶ丘、詩羽？」

「…………」

だって、詩羽の目には、あの時から、すでに一レベルは上がっているようにしか見えなかった。

紅坂朱音《こうさかあかね》の求める『レベル二つ上』に、あと一つのところまで迫《せま》っているようにしか見えなかった。

「あなたって人は……」

「……？」

「ふふ、ふふふ……っ」

「ちょっと……？」

「あははは、ふふ、ははは……っ」

だから詩羽は、もう笑うしかなかった。

人は、一度限界を突破《とっぱ》すると、突然超速《ちょうそく》の進化を遂《と》げることがある。

けれどそれは、もちろんその人物に、果てしない素質が眠《ねむ》っている場合で。

今の英梨々が、その状態にあるというのは、多分、もう間違《まちが》いなくて。

そして、その状況《じょうきょう》を引き出したのは……

ムカつくけれど、その人物は……

※　※　※

「倫也に、なんて言おう……」

陽《ひ》もとっぷりと暮れ、いよいよ寒さが舞い降りはじめた美術準備室。

電気もつけず、椅子《いす》にも座らず、ただ呆《ほう》けたように冷たい床《ゆか》にぺたんと座り、冷たい壁《かべ》に背中を預ける、鬼の絵師《えりり》。

「ねぇ霞ヶ丘詩羽？　あたしどうすればいいと思う？」

たった二一分で、今年に入って二か月分の仕事量を凌駕《りょうが》した天才は、神が去ると、いつもの被虐的ポンコツ少女に戻《もど》った。

「この前言ったでしょう？　『あなたが決めなさい』って」

そうなることを、まぁ的確に予想していた詩羽も、とりあえずこの動かないオモチャを捨てることもできず、冷たい床と壁に身を預け……まぁ彼女の隣《となり》に座っている。

「倫也、『無理して描《か》かなくてもいい』って言ってくれたのに……」

「あ、そ」

「なのにあたし、描けるようになっちゃった……」

「よかったわね」

さっきから、何度その名前を聞かされたことか。

しかも、一番聞かされたくない相手から。

「どうしよう！　ねぇ本当どうしよう⁉」

「あ～鬱陶《うっとう》しい！　ちょっと、くっつかないでよ澤村さん！」

「だって、だってぇ……っ」

本当に、ムカついていた。

彼の庇護欲《ひごよく》を独占《どくせん》し、その状況に甘えまくり、いざ時が動き、彼を頼《たよ》れない状況に陥《おちい》るや否《いな》や、急に自分にすがってくるこの身勝手な小動物に。

「それじゃ聞くけどあなた、サークルにい続けたままで、今の絵を描ける？」

「……っ」

でも、小動物だから仕方ない。

誰《だれ》かが、世話をしなければならない。

「紅坂朱音を意識せずに、今の絵を描ける？」

「……っ！」

今ここに彼がいないのなら、今ここに彼女の親友がいないのなら、残った自分がその世話係を請《う》け負うしかない。

「倫理君が『描かなくていい』って言っても……今の絵を描ける？」

「〜〜〜っ！」

「なら、二択《たく》しかないじゃない……描くならサークルを抜《ぬ》ける。サークルを抜けないならもう描かない……少なくとも、命がけのやり取りはもうしない」

「……他《ほか》に選択肢《せんたくし》、ないの？」

「今さっき、あなたがなくしてしまったのよ、澤村さん」

そう、なぜならさっきから英梨々は、全《すべ》ての問いかけに対して、首を横に振《ふ》っていたのだから。

「去年までのあなたのモチベーションは、倫理君との断絶だった。自分をオタクの道に引きずり込んだ彼だけが、自分の才能を認めていない……それが悔《くや》しくて、彼に自分の凄《すご》さをわからせることが、あなたの創作の一番のエネルギーだった」

「そういうことハッキリ言わないでよデリカシーないわねこの変態作家」

「でもそれが満たされると、そこに、もうその先はなかった」

「…………」

「倫理君は、あなたにそれ以上を望まなかった……」

「違うっ、絵が描けても描けなくても、あたしはあたしのままでいいって言ってくれただけよ！」

「それが何より辛《つら》かったんじゃないかしら……〝柏木エリ〟には」

「っ……」

「あなたには、『blessing software』の中の自分の、この先の姿が見えなくなった」

「そんなこと……」

「そこに、敵が現れた……この先どころか、遥《はる》か向こうにある自分の辿《たど》り着く未来さえ意識しなければ、絶対に太刀《たち》打ちできない敵が」

「そんなこと……っ」

「今、あなたの中の柏木エリは歓喜《かんき》してる……そんな歯ごたえのある敵と戦えることに」

「そんなこと、そんなこと、そんなことっ！」

※　※　※

「あたし……、子供の頃《ころ》、倫也を裏切った」

「知ってるわよ」

美術準備室の時計は……いや、もう指している時間が見えない。

とうとう陽が沈《しず》み、部屋の中を完全な闇《やみ》と冷気が支配する。

「だから、これで二度目の裏切り……」

だから、英梨々の声は、凍《こご》えてた。

「もう、次はない……倫也はきっと、二度と許してくれない」

「そうかしら……まぁ、そうかもね」

多分、その寒さではなく、その孤独《こどく》感に。

けれど……

「でも、でもね？　あたしは倫也と約束したの。

誰もが凄《すご》いって認める絵描《えか》きになるって。

どんな作家すらも……紅坂朱音すらも超《こ》えてみせるって……っ」

そんな孤独感を、何かに突《つ》き動かされた強い気持ちが打ち破った。

「だから裏切ってるけど、裏切ってない！

これは、倫也との約束を果たすためなの！

今は、敵の懐《ふところ》に飛び込む、絶好のチャンスなのよ！」

「……ぷっ」

「何がおかしいのよ！」

それは、とても英梨々らしいといえばらしい謎《なぞ》理論だった。

そんな無茶で、自己中心的で、自己完結的な思考の展開なんて、倫也に、そして一般《いっぱん》的にはまったく受け入れられないだろう。

だってそれは、クリエイターの理論だ。

「いいえ、あなたはそれでいいわ、澤村さん……」

だから、詩羽は受け入れた。

そして多分、彼もいつかは受け入れてくれるだろう。

……まぁその時、彼の隣に誰がいるのかは、詩羽にもまったく保証はできないけれど。

それは、自分である可能性も含《ふく》めて。


それでもきっと、澤村・スペンサー・英梨々は……柏木エリは前に進む。

だって、霞ヶ丘詩羽には……霞詩子《かすみうたこ》には、わかっている。

ここまで神に愛された人間が、神に逆らえるはずがない。

彼女は天才で、そして、愚《おろ》かな、クリエイターという生き物だ。


「しばらくは、辛い日々が続くわね」

「覚悟《かくご》は、してる」

「まぁ、ピーピー泣きたくなったら私を呼びなさい。胸くらいは貸してあげるから」

「もう泣かない……泣いていい訳がない……っ」

「別に、我慢《がまん》しなくてもいいのに」

「……それよりも、あんたも覚悟を決めなさいよ」

「私は、まぁ、四月から大学生だし、なんとか」

「いつまでもナメられてんじゃないわよ霞詩子……っ」

「澤村さん……？」

「紅坂朱音は一つだけ見逃《みのが》した……あんたの才能を、あんたの努力を、あんたの諦《あきら》めの悪さをっ！」

「ぁ……」

「霞詩子の凄さを理解してない紅坂朱音なんて、全然大したことないっ！」

「澤村さ……っ」

これは、世界で二人しか知らないこと。
柏木エリが霞詩子のファンになったのは……
実は、霞詩子が柏木エリのファンになるよりも、ずっと前だった。

「二人して、紅坂朱音を倒《たお》すわよ……」
「あなたこそ、私に寝首《ねくび》をかかれないよう気をつけなさい？」

冷たい床と冷たい壁に体を預けながら……
二人は、こつんと、互《たが》いの拳《こぶし》を突き合わせた。

エピローグ

『本当に……行っちゃうの……？』
『あ……』
『そんなのって、ありなんだ……』
『恵《めぐみ》……？』
『ごめん、ごめん……ひとんちきておいて、わたし、ごめん……っ』
『っ……』
『でも、でも……っ、それは、ちがうんじゃ、ないかなぁ……っ』
『〜〜〜っ！』
『なんか、ぜんぜん、まちがって、ないかなぁ……っ！』

※　※　※

「澤村《さわむら》さん？」

「…………」

卒業式から、三日あと。

夜中の三時の英梨々《えりり》からの電話に呼び出され（ちなみに起きていた）、すぐにタクシーで澤村邸《てい》の門の前に乗りつけた詩羽《うたは》は、自宅の塀《へい》に背中を預け、ぽつんと立っている英梨々をすぐ見つけた。

「風邪《かぜ》引くわよ？」

「…………」

三月になったばかりの真夜中は、それはもう女の子がうろついていい時間でも気温でもなく、そこにコートも羽織らずに突っ立っている英梨々は、詩羽には異様に……というか誰《だれ》にでも異様に映った。

「で、どうしたの？」

「…………」

さっきも言った通り、卒業式から、三日あと。

つまり、〝誓《ちか》いの日〟から、六日あと。

詩羽にとって、この一週間は、それはもう色々あって、色々と事態が動いて、色々と人間関係が崩《くず》れて、だから色々と傷ついた日々だったわけで。

だから、英梨々が自分を呼び出すのも、呼び出しておいてこういう態度を取るのも、色々とわかっている。

「倫理君《りんり》とは、あれから話した？」

「……メールで」

「倫理君からは、返事は来た？」

「……ううん」

「来ないから、辛いの？」

「……ううん」

だから詩羽は、言葉とタイミングを選んで、ゆっくり、ゆっくりと語りかける。

……自分が、卒業式の夜、誰かにそうして欲しかったみたいに。

「それじゃ、倫理君に……」

「恵に、絶交された」

「……あ〜」

詩羽は相槌《あいづち》を打ちつつも、『乗り込んできたのはそっちかぁ……』と続きそうになる呟《つぶや》きを、とっさに喉《のど》の奥に飲み込んだ。

「あたしの考えてること、さっぱりわからないって、言われちゃった……っ」

「まぁ、加藤《かとう》さんなら、ねぇ」

「まさか恵があんなに怒《おこ》るなんて、あんなに泣くなんて……」

「え？　泣いたの加藤さん？　ねぇ、それってどんな感じだった？」

「どうしよう、どうしようあたしっ！」

そんな詩羽の空気を読まない学術的興味は、切羽詰《せっぱつ》まった英梨々に華麗《かれい》にスルーされた。

「そもそも、こうなることを想定してなかったあなたの方が意外なんだけどね……」

「け、けど恵は……サークルだけじゃなくて、サークルがなくたって友達のはずでっ」

「それは……どう考えても、あなたが悪いわ」

「なんで……っ！」

だって、彼女はクリエイターではないから。

だって、彼女は英梨々の親友だから。

だって、彼女はサークル存続を強く願っていたから。

そして彼女は、多分、彼の、一番の理解者だから……

「理解できなくても納得《なっとく》しなさい。誰がどう考えても、彼女の方が正しいの」

クリエイターを除けば、だけれど。

「嫌《いや》だ、嫌だよ……倫也《ともや》だけじゃなくて、恵も失うなんて……っ」

とうとう、英梨々は我慢しきれず、声を震《ふる》わせ始めた。

つい数日前『もう泣かない……泣いていい訳がない……っ』などとカッコ良く決めたのはどこの誰だったかしら、とは詩羽は思っても口には出さず、その肩《かた》に手を置く。

「……っと？」

と、その手を辿《たど》って、英梨々が詩羽の体に、頭をとんっと預けてくる。

「うあああ……うわぁぁぁんっ」

そしてもう、この前の誓いもどこへやら、堰《せき》を切ったように涙《なみだ》と泣き声が、溢《あふ》れだす。

「いあああああ……ふえぇぇぇぇぇぇぇ～ん！」

「だから、泣かないでよ」

「でも、でも……うあああああ～ん」

「確かにあなたが悪いけど……でも、私だけはあなたの味方でいてあげるから」

「っ……本当？」

「だって、そりゃ……共犯だしね？」

「か、か、霞ケ丘《かすみがおか》詩羽……ふぇぇぇ、うぇぇぇぇぇ……」

「ちょ、ちょっと……」

「う、う、うわあああ、うわああぁぁぁぁ～ん！」

「あ〜もうっ……泣くな柏木《かしわぎ》エリ！」

子供みたいに、自分にしがみついて泣きじゃくる英梨々を見て、詩羽は……

いや、霞詩子《かすみうたこ》は、一つの覚悟を決めた。というか、諦めた。

自分は、柏木エリの影《かげ》になる、と。

このポンコツ姫《ひめ》の、盾《たて》になる、と。

彼女が才能を、そして自分が精神を。

それぞれ、極限まで成長させて、二人であの化け物を倒すのだ、と。

エピローグ　その２

そんでもって、四月に入って最初の週末。

「ふぇぇぇぇぇぇぇ〜！　びぇぇぇぇぇぇぇぇぇ〜！」

「……うるさいわねぇ、みんな見てるのに恥《は》ずかしい」

……の、東海道新幹線《とうかいどうしんかんせん》車内。

「あ、あ、あんたにそんなこと、言われる筋合い……うああああああああ〜！」

「あ〜もうっ……ほら、泣くな柏木《かしわぎ》エリ」

「寝首をかかれたぁぁぁぁ〜！」

ついさっき、倫也《ともや》に見送られ、〝ちょっとしたハプニング〟を経《へ》てようやく東京駅を出発した二人は、まだ品川《しながわ》駅にさえ着いてもいない頃《ころ》から大騒《おおさわ》ぎだった。

「だって私、譲《ゆず》ったとも諦めたとも応援《おうえん》するとも一言も言ってないし〜」

「今までの態度は全部欺瞞《ぎまん》だったんだぁぁぁ〜！」

「それはそれ、これはこれでしょう？　ほら、さっさと泣き止《や》みなさい。一緒《いっしょ》に紅坂朱音《こうさかあかね》を倒しに行くわよ？」

「できるかぁぁぁぁ～！」

「本当、最初の打ち合わせからこんなんじゃ先が思いやられるわね……ちょっと疲《つか》れたから、甘いものもらうわよ？」

「あげないわよっ！　その東〇ばな奈は倫也があたしにっ！」

「私たちに、じゃなかったかしら？」

「あんたが一度権利を放棄《ほうき》した以上、これはあたしだけのものよっ！」

「……まぁいいでしょう。お菓子《かし》の方〝だけ〟はあなたに譲ってあげるわ澤村《さわむら》さん」

「なにその含《ふく》みのある言い方！　やっぱあんたが一番の敵よ！　霞ヶ丘詩羽《かすみがおかうたは》ぁ～！」

あとがき

どうも、丸戸《まると》です。

七巻以来のご無沙汰《ぶさた》……って二か月しかあいてません。なんだよこれドラマガの連載《れんさい》かよペースおかしいだろ、という魂《たましい》の叫《さけ》びをほんの少し配慮《はいりよ》していただけたのか何なのか、今回は『冴《さ》えない彼女《ヒロイン》の育てかた Girls Side』ということで、半分くらいは昨年ドラマガに連載していた「冴えない竜虎《りゆうこ》の相見《あいまみ》えかた」を収録させていただきました。

とはいえ残り半分の「そして竜虎は神に挑《いど》まん」は書き下ろしな訳で、現在まだアニメ側の宿題を大量に残している丸戸にとっては、それはそれは……でもこれはチャンス。アニメ放送中に新刊発売で圧倒的《あつとうてき》成長。スケジュールを立ててくれた富士見《ふじみ》書房《しよぼう》様に圧倒的感謝（死んだ魚の目）。

いやでもこの時期にこのお話を書かせていただけるのは、物語的にはありがたいことでもあります。今回のGS《ガールズサイド》は、七巻でアレなことになって、一部の読者さんにまぁ色々と複雑な感情を抱《いだ》かせた二人、澤村《さわむら》・スペンサー・英梨々《えりり》と霞ヶ丘詩羽《かすみがおかうたは》という、〝暫定《ざんてい》〟二大人気ヒロインにスポットを当てた構成になっておりまして、特に後半部分は、七巻の裏側、倫也《ともや》の視点には映らなかった部分のあれやこれやの経緯《けいい》というか事情というか言い訳というか……いいえ言い訳はしません。自分で選んだ道だもの（作者が）。

で、そんなGSですが、三巻で名前だけ出て、六巻で実は登場していた新キャラクター、紅坂朱音御大《こうさかあかねおんたい》の、満を持してのお披露目《ひろめ》です。

まぁ書く前から相当にアレでナニな女性作家の闇《やみ》を凝縮《ぎょうしゅく》したようなキャラクターをイメージしておりましたが（丸戸は女性作家について全然詳《くわ》しくありません）、いざ書いてみるとおばさんというよりおっさんみたいな変な人になってしまい作者が一番困惑《こんわく》している訳ですが、まぁ今後ともご愛顧《あいこ》よろしくお願いしますよ。きっと八巻以降にもガンガン出てきて悪目立ちすると思いますので、ナンバリング巻だけ追いかけて『誰《だれ》だこのおばさん』とならないよう、皆様《みなさま》においては、こういった外伝も本編同様ご愛顧いただければますます幸いでございます（宣伝）。

さて、こうして無理をしてまでアニメ放送中に新刊を間に合わせてきたことでもあるし（しつこい）、ここでアニメの方の話題でも。

まぁこうして原作を購入《こうにゅう》していただいている方々は、かなりの比率で見ていただけているると信じていますが、映像、演出、演技とも、決して皆様の期待を裏切らない出来になっていると確信しています（脚本《きゃくほん》は知らん）。

映像に関しては、キャラクターのビジュアルは当然のこと、とにかく詩羽先輩《せんぱい》の黒ストッキング表現に対するマジ●チ……いえ本気っぷりに戦慄《せんりつ》せずにはいられません。

演出に関しては、加藤《かとう》のステルス性の表現や英梨々のツインテビンタ、詩羽先輩の黒ストッキングの表現の秀逸《しゅういつ》さに感激するしかないでしょう。

演技に関しては、松岡《まつおか》さんの凄《すさ》まじいアドリブ、安野《やすの》さんの気合の入った気の抜《ぬ》けた演技、大西《おおにし》さんの全身を躍動《やくどう》させた（マジで）ツンデレ演技、茅野《かやの》さんの黒スト……いや見え隠《かく》れするドS演技に酔《よ》いしれること必至です。

本当、脚本だけはなんともならんけど他の要素はこれ以上のものはないというくらい良いものができていますので、今後とも是非《ぜひ》お付き合いいただけたらと思います（宣伝）。

はい、最後にお馴染《なじ》みの投げやりな謝辞ですよ。

深崎《みさき》さん、ここ最近はお互《たが》い体ボロボロでしたがマジでお互い自愛しましょう。健全な精神は健全な肉体に宿る、ですよ。まぁクリエイターに健全な精神なんて何の役にも立たな（以下略）。

萩原《はぎわら》さん、ここ最近はお互い体ボロボロ（もうええ）。僕に大量の仕事を振《ふ》るとき、同時にあなたにも大量の仕事が舞《ま》い降《お》りるということにいい加減気づいてください。つまり何が言いたいかというと、どんどん仕事くださいい何でもしますよ（レ●プ目）。

はい、では、次こそ第二部突入《とつにゅう》の八巻で。

丸戸史明《ふみあき》

二〇一五年、冬

富士見ファンタジア文庫

冴《さ》えない彼女《ヒロイン》の育《そだ》てかた Girls Side《ガールズ サイド》

平成27年 2 月25日　初版発行
平成27年 3 月15日　再版発行

著者――丸戸史明《まるとふみあき》

発行者――郡司　聡
発行所――株式会社KADOKAWA
http://www.kadokawa.co.jp/

企画・編集――富士見書房
http://fujimishobo.jp
〒102-8177
東京都千代田区富士見2-13-3
電話　営業　03(3238)8702
　　　編集　03(3238)8585

印刷所――旭印刷
製本所――本間製本

※定価はカバーに表示してあります。
落丁・乱丁本は、送料小社負担にて、お取り替えいたします。KADOKAWA 読者係までご連絡ください。(古書店で購入したものについては、お取り替えできません)
電話 049-259-1100 (9：00～17：00／土日、祝日、年末年始を除く)
〒 354-0041 埼玉県入間郡三芳町藤久保 550-1

ISBN978-4-04-070520-0 C0193

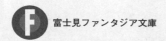

世界が魔術を定義するとき、
ファンタジア文庫
ロクでなし魔術講師と禁忌教典《アカシックレコード》
著：羊太郎
イラスト：三嶋くろね

真理の講義が始まる
第26回
ファンタジア大賞
大賞
受賞作
ロクでなしが織り成す
新世代学園アクションファンタジー
第1～2巻好評発売中!!

空戦魔導士候補生の教官
著：諸星悠
イラスト：甘味みきひろ（アクアプラス）
小隊の
から始まる——
1～5巻好評発売中

ファンタジア文庫
人類が大地から離れ、魔甲蟲《まこうちゅう》という畏怖と戦う世界。
「特務小隊《ロイヤルガード》の裏切り者」と蔑まれる学園の嫌われ者・
カナタは、連戦連敗のE601小隊の教官に任命される。
そこには一癖も二癖もありそうな3名の少女がいて……？
連戦連敗E601
快進撃は、ここ

萌えキャラって……何？
君島泉
グを組んで、
をつくる!?
第1～2巻好評発売中！

第29回
ファンタジア大賞
原稿募集中！
賞金
大賞
300万円
最強に面白い作品、
待ってるわよ！
選考委員
第17回受賞
第17回受賞
第20回受賞
葵せきな×石踏一榮×橘公司
「生徒会の一存」「ぼくのゆうしゃ」
「ハイスクールD×D」
「デート・ア・ライブ」
×ファンタジア文庫編集長
締め切り
第29回前期
2015年8月末日
後期 2016年2月末日
「空戦魔導士候補生の教官」
著：諸星悠　イラスト：甘味みきひろ（アクアプラス）
投稿＆速報最新情報
ファンタジア大賞WEBサイト http://www.fantasiataisho.com/
富士見ラノベ文芸大賞も同サイトで募集中